INTRODUCTION
序言

APOTHEOSIS

当文明发展到固定的节点，上位者就要面临抉择。

诸王先烈们向下改革来维护自己的统治，名垂青史亦或遗臭万年。

-

Humanity advancement presents the lords with choices

To keep the throne, the Old Kings reform, whose names are either remembered by many or lost in the winds

HARD STRIDE

如今我面临着可能是当前纪元仅有的机会。

尾随先辈的脚步与我的同胞步入共荣。

或是迈上长阶，将全人类都化为自己的私产。

-

Faced with the rarity of my time, a question remains

To follow the forefathers' steps, pursuing all glory to me and kins

Or the hard stride, looting humanity as part of me

DENOUEMENT

所谓神格，永远不是缔造者。

而是创造物。

-

Deity is never about the beings,

But the deeds

- 孙礼 Li Sun

CYBER 赛博法则 ELOISE SBUH

DEEP PLANTING WILLOW

CYBER 赛博法则 SILIM

DEEP PLANTING HOLLOW

INDIVIDUALISM
异端
尼道丝

OBJECTIVISM
他者
诺维 斯基

►► CYBER OF ELYSIUM
賽卜博法則
THE CORE OF THE UNIVERSE

异端 INDIVIDUALISM & 他者 OBJECTIVISM

EMOTIVISM
降临
尹兰

CYNICISM
犬儒
格洲

►► CYBER OF ELYSIUM
賽卜博法則
THE CORE OF THE UNIVERSE

降临 EMOTIVISM & 犬儒 CYNICISM

CYBER OF ELYSIUM
2036

零宇宙：赛博法则

李嗣 / 著

作家出版社

目录
CONTENTS

古拉格篇

万兴区篇

合纵篇

古

拉

格

篇

序章

Hallucinogen

理智能够带来什么？

让你绚烂的认知变得鲜红抑或苍白？

使意识升腾至终结或不朽？

血肉躯成茧，钢筋骨化蛹。

你看起来像一个理智的人。

你理智吗？

> 灾变元年 16 年 4 月 14 日 泽都 古拉格区
>
> 诺维亚·尼古拉耶维奇·厄迦丝的车间

诺维斯基……

诺维斯基……

你能感知到吗？

"你陷入了梦境对吗？"

"不是常规的那种。"

"所以是什么？类似于某种廉价的超感？"

"还要更加缺乏真实感，那东西断断续续，畸形扭曲。"

"更迷幻一些的罗夏墨迹？"

"不是单凭光感形容就能描绘出的。"

"好吧，至少你的回答听起来很理智，你理智么？康斯坦丁·诺维斯基。"

"是的，迦丝，我理智。"

"很好，接下来我会让乔什激活你。"

视觉能力开始逐渐恢复，意识的剥离感使诺维斯基不能集中注意力深度思考，只能尽可能地调动情绪让自己维持理智。

"乔什，他现在能听到我说话么？物理层面。"

"最好再缓缓，毕竟他的脑皮质情况可算不上有多乐观。"

"用不着，他能应付得来。"

"你是这儿的头儿，你说了算。"

如同身体内部的感知开关被一个个地打开，诺维斯基感到自己正在被逐步激活，与之同时苏醒的还有不适感，这种不适感并非疼痛，而是夹杂着恶意的混乱与无序涌入脑中。

"诺维，欢迎醒来，你被干掉了，好在我及时把你给捡了回来，作为感谢你最好把我的酬金预付款翻倍。"

第一章

Catalyst

"康斯坦丁·诺维斯基先生，您对产品效果还算满意吗？"

充满机械感的女声由办公室中央的立体影像传来，对正在一门心思研究墙面的诺维斯基问道。

"再稍等一下。"

诺维斯基显得十分专注，他用手摸索着墙面的边缘，被触碰位置隐约出现了稀疏的马赛克，在手指离开的瞬间恢复到了原先的状态。

经过短暂思考，诺维斯基关闭了安装在办公室正中央的迷彩装置，整洁光鲜的墙面随之消失，变回了多处掉漆和轻微裂缝的老旧墙体。

"诺维斯基先生，如果您现在决定购买 ST143 墙壁迷彩装置，根据我们的优惠政策还可以享受到室内空气滤化装置的折扣，考虑到您有长期且稳定的尼古丁摄入行为习惯，导致您办公室内的 IAQI 指数低于常规标准，如果选用……"

"切换人工服务。"

就在立体影像试图继续向诺维斯基推荐相关产品服务的同时，诺维斯基打断了它。

"请稍等，接下来将为您切换代号 BN724 人工销售客服为您服务。"

端庄女性形象的立体影像退出的同时，一个穿着销售制服的班图裔男性立体影像出现在了诺维斯基的办公室。

"哦嘿，兄弟，我是 BN724，感谢你选择了人工服务而不是继续用那个操蛋的智能客服，要知道我们抵触这玩意儿可不光是因为它在抢我们的工作，这些狗屁智能或是意识体啥的真的就不行！让我猜猜她给你推荐什么了，考虑到你的这个房间的环境状况她一定劝你买什么狗屁空气滤化装置了吧？你如果不及时拒绝，她接下来就会给你推个适温系统，接下来就该是什么空间调控处理器巴拉巴拉，就好像那句话怎么说来的？你本想去买个鱼饵结果却买回来了一艘船……"

BN724 的语速是之前那个智能客服的好几倍,用滔滔不绝且毫无断句规律的方式自说自话,诺维斯基在这期间一度想要打断他,却好几次都错失良机。

"那么,兄弟,有什么我可以帮你的吗?"

因为对方的语速过快,相比于输出的文字信息量而言,实际用时并不久,这造成了一种介于漫长与短暂合二为一的恍惚感,好在诺维斯基总算得到了发言的机会。

"我只是觉得我办公室的墙壁太老旧了,但相比于进行翻新,安装一个迷彩装置似乎更方便一些,而且……更具性价比。"

"哦,兄弟,我懂得!大家伙儿都有手头儿紧的时候不是吗,交给我就行了!我刚刚通过客户信息了解到了您是一个私家侦探,这可真是太行了!所以说真的会有那种古朴的客户通过面对面的方式找您委托工作么?我一直以为这类活儿虽然不能说像是利用二代网络枢纽那样一站式解决一切,但好歹也能有个信息交流以及发布委托和悬赏的小私域之类的吧?"

与之前一直在试图推销商品的智能客服形成了两种极端,BN724 对任何话题都十分感兴趣,除了推销产品本身。

"出于对保密性和安全性的考虑,大部分客户还是希望面对面跟我交接工作,所以这个办公室偶尔会被用作接待。"

"好的，了解，那么从我这样的一个专业的销售客服的角度来看，我给出的建议是：不、要、管、它。"

BN724几乎没经过什么思考便给出了他所谓的"专业建议"。

"什么叫不要管它？"

"你看哪，略显残破而又老旧的墙面，二手的木质办公桌椅以及用上几十瓶清新剂都遮不掉的满屋子烟味儿，这简直就是完美的私家侦探办公室的氛围，假如你鬼迷心窍买了一个迷彩装置那才叫掉价，我的兄弟。"BN724撇了一下嘴，以忠言劝告的态度说道。

"我以为你作为一个销售应该鼓励我去购物，但你却叫我什么都不要买。"

"是啊兄弟，因为人工客服薪酬机制的复杂程度深如海，我在成功推销给你一件商品后还有各种是否能够继续给你推荐附加商品的指标来干涉我的薪酬，所以我选择去他妈的吧，哥们儿我就要有啥说啥当个实在人，起码这么做客户不至于因为我不停地推销产品给我的服务打差评。"

就在BN724解释的同时，办公室的门被敲响了。

"我的客户。"

"天哪，你都已经是连门禁系统甚至是门铃儿都不配置的私家侦探了，就别再想着折腾你的那块破墙面了好吗？记得给我的服务打个好评哦亲，迷彩装置在你方便的时候呼叫无人机回收就可以，不打扰你工作了，诺维斯基先生。"

在人工客服的立体影像断开后，诺维斯基用复杂的眼神看了看老旧的墙面，接着打开了办公室的门。

门外静候的是一位目光十分锐利的老者，他一步入诺维斯基的办公室便立即将门关上，站在原地简单打量了一下四周，接着将视线转回诺维斯基身上。

"地方不错。"

老者的语气显得有些阴沉，可能是因为其中的一只是泛视义眼的原因。他的双眼并不能很好地对焦，而之所以能够产生这种失焦的效果，说明老者的另一只眼应该是完全失去了视觉能力，即便如此，他目光依旧具备相当的威严。

"这次是什么活儿？"

见老者丝毫没有想要坐坐的意思，诺维斯基开门见山地问道。

"到了约定地点见了面儿你就知道了。"老者用相当古朴的方式递给了诺维斯基一个信封，不耐烦地说道。

"没有其他信息了？"诺维斯基接过信封追问道。

"绑架案，但不是传统的那种。"老者轻叹一声，拍了拍诺维斯基的肩膀，离开了他的办公室。

目送老者离开后，诺维斯基将信封拆开，发现里面是空的，进一步检查后，发现内部印有一个图案，这个图案显然是一个家徽，诺维斯基似乎在哪见过它，将其扫描确认。

"九条家的家徽……"

第二章

Digoxin

"九条家的传闻关键词都相当劲爆,你具体想听哪一段?是没落东瀛贵族流亡泽都,还是超级专家倒插门入赘大门阀?又或者是家门长子因意外事故命丧黄泉?"

通话系统另一头传来轻浮的男声,他是与诺维斯基有着合作关系的情报极客欧威尔。

"已经来不及了,我在九条家大宅的门口,有什么简要直观的忠告吗?"

"目前九条家的女家主是九条爱,这个门阀家族与麦卡伦有着相当紧密的关系,她丈夫霍斯曼是一个很有名气的程序专家,育有两子,姐姐叫九条薰,弟弟九条森七年前死于一次事故。如果你问我忠告,那么我的忠告是能不掺和这烂摊子就别掺和,但说实话我也挺好奇为什么九条家会找上你。"

欧威尔讲述情报时的语气相当随意，但内容却大都显得十分沉重。

"接下来我要进入九条大宅，以我的身份应该没有自由通信的权限，稍后联系。"

诺维斯基挂断通信后来到了九条家的会客室。

九条爱与她的丈夫霍斯曼已经等候在此，眼前这个正襟危坐的女人背后有一个庞大的门阀利益关系网，她的穿着东瀛风浓郁，向诺维斯基露出了一个冰冷而短暂的微笑。

"您好，我是诺维斯基。"

诺维斯基注意到一旁的霍斯曼的精神状态不太正常，他用略显呆滞且空洞的眼神望着前方，并没有对诺维斯基的到来做出反应。

"欢迎你的到来，诺维斯基先生，我是九条家的家主，这是我的丈夫九条霍斯曼。"

九条爱在自我介绍的时候并没有报出自己的名字而是以家主自称，反倒是有所强调般地道出了霍斯曼的九条姓氏。

"有什么我能够为您效劳的地方么？"

屋内的气氛有些紧张，比起女家主压迫感十足的气场，一旁依旧元神出窍般的丈夫显得更加诡异，诺维斯基环顾四周感觉这个所谓的会客室没有给自己安排席位，只好站在原地回应。

"我的丈夫在古拉格区的一个地下仓库设有一个实验室，前些天几个盗窃者破坏了实验室的安保设施，将它洗劫一空，我希望你能够调查这件事。"

九条爱在讲述事件的时候显得相当克制，一旁的霍斯曼仍旧没有半点儿反应，用他空洞的双眼直勾勾地望着天花板。

"我猜现场的监控设施应该被提前破坏掉了吧?"

"一部分，利用回声装置对被破坏残骸的复演推导还是能把整个过程还原回来，相关的信息你可以通过导入这里的私域进行查看，我已经开放了你的访问权限。"

九条爱话罢，品了一口放在她身旁茶杯里的茶。

诺维斯基切入主控芯片进入九条家的私域信息库，简单查看了相关信息。

"从破坏安保设施的手法和习惯上来讲，应该就是古拉格本地人所为。"退出了主控芯片界面，诺维斯基对刚刚看到的那套堪称教科书般的粗暴拆解式破门手法评价道。

"很好，那么就去调查吧，我已经导入了一笔费用作为你的预付款或是劳务开支。"九条家的女家主镇定地说道，诺维斯基能够感到在她的威严之下带有一种不屑。

"我在接到委托的时候，还以为这次的事件会与绑架案有关……"

面对女家主自行结束般的谈话，诺维斯基斟酌片刻后决定试探性发问。

"是的！就是绑架案！我！我的儿子……被那群人带走了！你必须帮帮我！"

就在这时，一直处于神游状态的霍斯曼突然开口，他情绪十分激动，急迫地盯着诺维斯基。

"冷静。"

九条爱不怒自威，以低沉的声音对霍斯曼警告道，霍斯曼执行命令般收回了他的情绪，此时他的状态已经完全参与到了对话之中，继续将目光死死地锁在诺维斯基身上。

经过了短暂的寂静，九条爱舒缓眉头，将茶杯置放回原来的位置，准备解释一切。

"是这样的，七年前一场事故使我们失去了家中的孩子，在这之后我的丈夫将记录着孩子的影像与音频写入成为一个意识体并不断进行完善，这七年来他一直醉心于此，希望能够利用这种方式，把我们的孩子……"

"找回来。"

九条爱在酝酿最后三个字时停顿了很久，似乎是在考虑如何用词更加贴切，很显然最后说出来的这三个字依旧模棱两可，根本不能让她满意。

"事实上，并不是找回来那么简单，是通过特有的手段将森再次创造，我整理了一切记录森的影像与音频将其统一数位化，再利用我对森的认知印象帮助他还原学习森的思维和行为习惯，这并非复原，是创造的工程，我为此夜以继日地投入了七年的时间，而这一切都被那群窃贼给夺走了！"

霍斯曼在表述这件事的时候直接将他创造的意识体以其爱子的名字"森"相称，诺维斯基能够充分地感受到霍斯曼对其创造物的重视以及夹杂在其中略显扭曲的……爱。

从另一个层面来讲，霍斯曼很大程度上是在进行智能意识体的创造，这种为了满足个人欲望对特定对象进行的模拟创造行为十分灰色，有一定概率会发展成更为禁忌的范畴。

这下诺维斯基差不多弄清楚为什么九条家会找上自己了，在古拉格区进行这类研究有很好的隐蔽性可以规避审查，相对应地，在安全方面则会具有风险，而霍斯曼显然已经为此承受了一定程度的代价。

"我大致了解这些情况了，还有什么其他要注意的地方吗？"

面对着九条家女家主的强大气场与精神状态不太乐

观的霍斯曼，诺维斯基只想在接到委托后早点儿离开。

"我的儿子……本质上与意识体没什么不同，外表看起来是一个相当精密的机械设备，那些窃贼应该不至于傻到要把他拆成零件卖钱，我希望你能把他完整地带回来，至于其他的东西……"

霍斯曼的声音相当颤抖，恍惚之际险些昏倒过去。

"黑田，把我的丈夫带回去休息吧，他实在太累了。"

九条家的女家主吩咐门外的保镖将霍斯曼带离了会客室。

这下只剩诺维斯基单独面对眼前这个可怕的女人了。

"诺维斯基先生，接下来我要对你提出的委托可能跟刚刚我丈夫在场时的委托有所区别，我希望你能谨慎考虑。"

房间内的气氛并没有因霍斯曼的离开变得稍有缓和，九条爱用比之前更加凝重的口吻对诺维斯基做出了预告。

"你看到我的丈夫对爱子的执着了，但就我而言，我根本不认为那个诡异的机械盒子跟我爱子有任何关系，我的孩子已经在七年前死了，死亡真实且冰冷，任何补正行为皆是自欺欺人，而我的丈夫却在这条错误的道路上愈陷愈深。"

九条爱那充满威严的语调之下，有一股歇斯底里的弦外之音，这个女家主此时正在把家族的伤疤揭开，毫无感情地陈述着论证残酷的事实。

"你希望我找不到那个……盒子?"

诺维斯基察觉到了对方的意图,试探性地问道。

"不,我的丈夫是一个执着且严谨的人,我不认为单纯地找不到这种敷衍的结果可以让他彻底释怀,我希望你找到并摧毁那个盒子,然后在古拉格随便抓几个小混混,杀了他们抵罪,为这场闹剧收尾。"

很显然,九条爱无论是对于自己的"爱子"抑或古拉格的街边混混都没有什么基本的尊重,又或者基于她是个具有传统观念的东瀛贵族这一刻板印象,似乎必须要血祭几条人命才能让这件事儿对自己有个交代,无论诺维斯基如何判断,都增加不了这项委托的讨论空间。

"我会支付你应有的报酬,如果你身为一个私家侦探不太想执行后面的那条附加任务,我可以让我的手下代劳,你只需要拿那些混混的命交差就好。"

九条爱的发言也印证了诺维斯基的判断,没有任何商榷的空间,对话就这样单方面地结束了。

会面结束后,诺维斯基踏出九条家大宅的正门,抽出一根香烟咬在了嘴里点燃深吸一口,通讯随之呼出,是欧威尔。

"嘿,好兄弟,你进去了挺久的啊,怎么样,肯定是个大差事儿吧?"

欧威尔乐呵呵地对诺维斯基调侃道，全然没有危机感。

"欧威尔，你打算结婚么？"

诺维斯基没有回答欧威尔的问题，而是问了欧威尔一个问题。

"我喜欢的女人是个 NO.3，所以暂时还没考虑到那一步吧，你问这个干吗？"

"婚姻可真够恐怖的。"

第三章

Ethylene Glycol

灾变元年 16 年 4 月 11 日 泽都 泽北区

康斯坦丁·布列维奇·诺维斯基的事务所

　　除了要考虑九条家出的难题，诺维斯基还要解决一个更近距离的麻烦，在回来的路上他察觉到有人在跟踪自己，尽管对方的跟踪手法相当外行，诺维斯基还是感觉异样，他纠结的重点在于对方的具体人数……

　　"别再找了，那个门呼叫不出菜单，也没有门铃或其他设备，全靠手敲。"

　　诺维斯基隔着门对跟踪者喊话，接着上前将办公室的门打开。

　　站在诺维斯基面前的是一个亚裔少女，衣着有很强的瀛式风格，少女没有装配义体的特征，大户人家的气息迎面而来，不难推断出她与九条家存在着关系。

"我叫九条薰,你这地方臭死了,那面墙是要塌了吗?"

自称九条薰的少女没等诺维斯基邀请就进到了办公室内,对着诺维斯基的墙面评价道。

"只是墙漆有点老旧,不影响建筑结构。"

诺维斯基踌躇地望着他的墙面解释道。

"你打算什么时候去古拉格调查我弟弟的事件?我也要一起。"

九条薰相当认真地打量了一下办公桌旁用来待客的椅子,最终决定不坐在上面。

"我会尽快行动,但你的母亲,或者说你家的家主并没有告诉过我她的女儿要一起参与调查。"

"我的母亲不需要知道我参与进来,如果需要额外费用我会直接支付给你。"

九条薰的眼角开度大且长,她用与母亲神似的目光注视诺维斯基,以同样不容拒绝的语气说道。

"恕我拒绝,实在看不出有什么带着你的必要性。"

相较于母亲,九条薰所展现出的魄力完全没有达到让诺维斯基无法对抗的地步,他果断选择了拒绝。

"我是个技术能力丝毫不逊于我父亲的程序专家,自从森——我弟弟他死后,我一直都在协助父亲完成他的工作,对于如何帮助我弟弟以及怎样找到他,我都能起到作用。"

面对九条薰的解释，诺维斯基能够确定眼前这个女孩所说出的话基本属实，但她显然对其他方面有所隐瞒，依照对事实隐瞒程度大小可升级为更大的隐患，更何况这件差事儿一开始就显得特别糟心。

"像你这样的大小姐在古拉格区太惹眼了，我没办法保证你的安全。"

诺维斯基不想和九条薰过多纠缠，用最为直接的理由拒绝了她。

像是恭候这句话很久了，九条薰吊垂的外眼角向上挑了挑，闪过一个戛然而止的微笑，双方的交谈气氛变得诡异起来，警觉的诺维斯基下意识激活了他的战斗义肢，一个女性的身影于办公室的角落解除了伪装，缓步至九条薰身旁。

"介绍一下我的家臣，深作柳。"

九条薰所介绍的女子面部被一个瀛式面具覆盖，身着视效迷彩装甲，犹如人形兵器般地截在了诺维斯基与九条薰之间，这个所谓的家臣在诺维斯基毫无察觉的情况下就悄然无息地潜入到了房间之中，无论基于哪一点判断，诺维斯基都很难以安全性的角度入手质疑九条薰，面对看起来洋洋得意的九条薰，诺维斯基必须为当下被将一军的尴尬局面找个解法。

"你的这位家臣，我根本感知不到她的生命体征……"

考虑再三，诺维斯基从口中挤出了一句称不上质疑的质疑，言下之意颇为明显，相较于一个义体人，诺维斯基更倾向于对方是个其他什么东西。

"我知道你在想什么，请放心，柳有着完美的适性，不会受失心疯的影响，她能潜伏在合适的位置保证我的安全，现在问题都解决了，对么？"

九条薰悠然地问道，占尽了主动权。

"不，完全没解决。"

诺维斯基对抗道。

"但相比于继续跟我纠缠下去你还是决定索性带上我了，对吗？"

"……没错。"

第四章

Sulfur

　　泽都的接引区并非传统意义上的车站类交通枢纽场所，往返泽都各大区的乘客在得到通行权限后可以自主选择乘坐不同档位的接引仓前往目的地，虽然大部分情况下接引仓被称为交通工具，但它的乘坐体验更接近于电梯之类的运输设备。

　　"所以你刚刚只用了不到二十分钟就拿到了进入古拉格区的通行权限？"

　　九条薰似乎并没有来到过这里，周围的环境对她而言显得相当新鲜。

　　"如果不是要连带替你登记的话会更快。"

　　与略显欢脱的九条薰形成鲜明对比的是诺维斯基面如寒霜的态度。

完成身份验证后，诺维斯基与九条薰进入了接引仓，接引仓中配有卧铺和独立卫浴，以及各式各样的自助贩卖设备，其中还有待机业务，即便到达目的地，依旧可以停留在原地按时计费。

诺维斯基作为一个成年男性与九条薰这样的少女在这样一个密闭且狭隘的空间中相处，气氛很快便凝固成了微妙的死寂。

"所以我们要坐多久才能到古拉格区？"

九条薰打破了局面，对诺维斯基问道。

"难道你没去过古拉格？之前你说你一直都在协助你父亲对他的项目进行研究。"

诺维斯基质疑道。

"对，但这不意味着我去过那里。"

面对诺维斯基的质疑，九条薰回应得相当随意。

"大概需要二十分钟，这期间你可以替换一下你的着装，现在这套不太适合在古拉格区活动。"

"你能具体指明是哪里不适合吗？"

九条薰打量了一下自己的穿着，并没有理解诺维斯基的意思。

"在古拉格你这种瀛风浓郁的穿着会让人误以为你是性工作者，换一套精简干练的配置会让咱们在行动中省去不少麻烦。"

尽管感到了些许冒犯，但还是听从诺维斯基的建议，九条薰在接引仓内置的购买菜单中反复挑选着服装款式，最终选定了一套机车风格的皮革制服装。

"像是那种混迹于万兴区不入流的帮派成员。"

诺维斯基评价道。

"这套呢？"

"郁郁不得志要靠大量吸食成瘾性工业废料才能勉强创作出蹩脚诗词的边缘作家。"

诺维斯基再次评价道，但这次的评价中夹杂的形容词的数量相当之多。

"我以为现在大部分的创作工作都已经由专业的意识体负责了。"

九条薰察觉到了这一点，顺势问道。

"是的，作曲作词、影视剧本和小说基本都交给意识体来做了，所以作家们只能被排挤到写写诗歌这种边角料式的创作上了。"

诺维斯基回应道。

"针对符号化和形式主义的商业标准来衡量的话，意识体确实在知识的应用层面和内容元素迭代上都有着作家们摸不到的优势。"

"这就是泛娱乐和泛商业化的代价，有钱人至少还能够资助一两个不入流的作家写一些多少还有点灵魂的东西来取悦自己，穷人就只能拿意识体利用代码和算法生成的产物自娱自乐。"

诺维斯基发表着自己的意见，或者说更像是某种批判。

"噗……"

九条薰不禁笑出了声，这让诺维斯基相当警惕，用淡漠的眼神盯着她，像是在寻求一个解释。

"你看起来是个冷漠的人，但在这个话题上我能感觉到你的情绪。"

九条薰十分难得地抓到了诺维斯基的情绪点，试图展开讨论，但诺维斯基犹如受到了冒犯，闭口不予任何回应。

"而且你刚刚提到了灵魂这个词，所以你是那种认为只有人类创作出的东西才具备灵魂的古典派支持者对么？这倒不算意外，很符合你给人的印象。"

九条薰见状继续顺势发难，在这个话题上不断深入追问。

"我拒绝就这个问题与你深度讨论下去。"

"因为你伪装成一个没有感情的私家侦探，内在却怀有文艺愤青倾向的小秘密暴露了？"

"因为我们聊到了意识体的创作是否具有灵魂这个敏感概念，一旦发展下去就会触及你弟弟的话题。"

"你认为我会将我弟弟的话题视作禁忌？"

"至少在找到他之前，我不想过多和你讨论他。"

诺维斯基话罢，操作九条薰面前的购买页面锁定了一款服装。

"工装服？你在开玩笑？"

"在古拉格想入乡随俗就得穿这个，除非你想剑走偏锋，试试带有三道杠的运动装。"

在九条薰无奈地默许下诺维斯基确认了工装服的购买，通过与接引仓连接的物流通道，工装服的包裹会在数分钟后直接送达仓内，相比于九条薰平日里接受的定制式流程，这种购物体验堪称粗糙，但情势如此，自己也没有多少抱怨的余地。

"你的鼻子很好看，原装的吗？"

等待之际，诺维斯基对九条薰发问。

"如果你是指我对外貌有没有进行过改造？那么答案是没有，我天生如此。"

如九条薰所言，作为一个欧亚混血，她的五官形态有着亚裔的柔美线条，结构则立体明朗，是十分符合主流审美的长相，对此她显然有自知之明，在回答的过程中表现得很骄傲。

"我是指你的鼻子有没有经过改造，毕竟在泽中泽北生活久了，未必能够适应古拉格区的空气。"

诺维斯基之所以这么问，是因为他注意到九条薰后颈的位置植入着一个不起眼的神经装置，这大概率是用来辅助她支配义体的中枢，但到现在为止，诺维斯基还没明确发现九条薰身上义体改造的部位。

"我能应付得来。"

九条薰没好气地回答道。

"但愿如此。"

第五章

Steroid

古拉格，泽都最大的工业区。无人机漫天遍布，巨大的机械臂时刻不停地进行着建筑作业，灯火通明的车间发出响亮的金属碰撞声，机油混杂着铁锈的臭味儿充斥在空气之中，九条薰感觉自己有些神经衰弱，诺维斯基递给她了一个滤化装置才使她的状态缓过来了一些。

与城市规划健全架构明晰的泽北泽中区不同，古拉格区呈横纵分布，甚至不存在实际意义上的公路，诺维斯基带着九条薰通过升降机与架桥步行到了位于最底部的生活区才多少有了一些远离工业喧嚣声的感觉。

就在二人准备在生活区稍作休整的时候，一个穿着邋遢略显肮脏的小男孩走了过来向他们打招呼。

"嗨，这位小姐您可真漂亮，我猜你们一定是来古拉格观光的吧，要不要来一本古拉格手册？要知道这地方可没在主控芯片里植入什么全息影像导游，想要了解一些本地的风土人情还得靠我们自制的小册子。"

"不，滚开。"

诺维斯基冷冰冰地对小男孩示意。

"你在干吗？他不过是个孩子。"

九条薰训了诺维斯基一句，接着安慰了小男孩几句，并要求诺维斯基出钱买下小男孩的册子。

"真不知道你犯什么病，竟然对一个想要自食其力的孩子如此恶劣。"

面对九条薰的斥责诺维斯基没有反驳，在目送男孩离开后，静静地看着九条薰将花钱从男孩手中买来的手册打开……

手册全部是白页，只有封面的背部写着一行北地文。

"前半句的意思是欢迎来到古拉格，你的主控芯片就能帮你翻译，但后面的词可能翻译不出来，那个是本地语中侮辱人的词汇，具体意思大概就是形容你的智商水平的不足以及你与驴子的某个私密器官的亲密关系。"

诺维斯基尽可能不表现出幸灾乐祸的态度，对气得瞠目结舌的九条薰解释道。

经过了这一让二人中的一人不太愉快的小插曲后，诺维斯基带九条薰来到了工业区深层的厂房，几个工人正在此处装卸零件，他们大多神态疲惫，根本无暇顾及访客，这时一个男孩儿从厂房内走了出来，显得很有精神。

"诺维斯基先生，好久不见！"

"……"

面对男孩热情的招呼，诺维斯基努力地回忆了一下男孩儿的称呼，最终作罢。

"迦丝在吗？"

"大姐头正在忙，我带你们进去吧。"

厂房的内部几个工人正在用义体臂全神贯注地进行装配作业。

"柯西金！过来搭把手！"

一个工人对男孩招呼道，示意他来帮忙把固定在地上的托盘扶正以协助其进行作业。

"诺维斯基先生，稍等一下，我去搭把手。"

名叫柯西金的男孩快步跑了过去想要将托盘扶正，但由于力量不足导致托盘开始向反方向倾斜，碾向了自己的手臂……

关键时刻诺维斯基及时赶到，控制住托盘阻止了事故的发生。

到了休息室，九条薰显得对刚刚发生的事情有些耿耿于怀。

"那个混账竟然让一个孩子去给他搭把手！岂有此理！"

从进到古拉格区以后九条薰就表现出了不适感，她的情绪通过刚刚的事故宣泄了出来。

"小姐，请你别在意，怪我的力量太弱，要是像其他人那样有机械臂就好了。"

柯西金显得有些无所适从地对九条薰劝道。

"你为什么没有进行义体改造？"

诺维斯基直截了当地问。

"你在废话么，他还未成年。"

九条薰对诺维斯基呛道。

"跟泽中泽北不一样，在古拉格，大部分人为了更好适应工作在未成年时就已经接受义体改造了。"

诺维斯基对九条薰解释。

"大姐头让我再等等，说能不做就不做，毕竟切掉后就再也回不来了，但我也不想一直连给其他人搭把手的能力都没有。"

柯西金的双眼明亮有神，意味深长地看了看自己瘦弱的手臂。

"大姐头有告诉过你让你等的原因吗？"

"她说太早进行义体改造会影响心智，变成失心疯，她还说，如果接受了义体改造，会被有钱狗瞧不起。"

"那你怎么认为？"

"疯不疯的我不怕，反正我不想让别人瞧不起我，尤其是有钱狗。"

"嗯，谢谢你带我们过来，你可以去忙你的了。"

诺维斯基终止了对话。

"好的，诺维斯基先生。"

柯西金似乎还想多待一会儿，依依不舍地离开了休息室。

"你不觉得那孩子很迷茫，正在寻求你的建议和帮助吗，作为一个高度改造的义体人，你好歹也该给他一些忠告吧？"

目送柯西金离开，九条薰对诺维斯基发作道。

"相比之下你更需要帮助。"

诺维斯基从休息室中的贩卖机购买了一瓶饮料递给了九条薰。

"这是什么？"

九条薰接过饮料问道。

"廉价的碳酸汽水，主要成分是糖和咖啡因。"

"你在一句话的形容里就包括了廉价、糖以及咖啡因三个词。"

九条薰嫌弃地说道。

"但它能让你感觉好一些，试一试吧，反正喝不死。"

在诺维斯基的劝说下，九条薰打开了汽水试探性地喝了几口，随着碳酸气体在喉咙内翻滚升腾，九条薰轻轻地打了一个嗝，绷紧的神经也因充分的糖分和咖啡因的摄入而有所缓解。

"哦…还挺有用的，这就是……"

"下层人的快乐，短暂直白高效。"

接过这句话的人从休息室的门外跨步走了进来，是一个身材高挑态度傲慢的独眼欧罗巴裔女性。

她即是这里的主人，诺维亚·尼古拉耶维奇·厄迦丝。

"迦丝……"诺维斯基站了起来，以示恭敬。

厄迦丝打量九条薰的眼神带有十分明显的嫌弃，她脸上的刻线结构几乎表明了她的整张脸应该都是仿生皮肤，即便如此厄迦丝依旧能够很好地通过她的面部表情散发出一种带有浓郁情绪的威严感。

"这他妈又是什么花活儿？东瀛妞？"厄迦丝走到诺维斯基面前，从他的风衣内兜中取出一盒香烟，点燃一根咬在了嘴里。

"一言难尽，总之我需要你帮我调查一起盗窃案，这个女孩能够协助我追踪……赃物。"

诺维斯基对眼前这个行为堪称跋扈的女人解释道。

厄迦丝走到九条薰面前，再次用她仅有的一只眼近距离对其打量了一番，又踱步回到了诺维斯基面前。

"你对我有所隐瞒。"

厄迦丝对诺维斯基警告道，然后用她的义体手指了指九条薰。

"她也是。"

从口中吐出阵阵烟云，厄迦丝停顿了一下。

"不过也没什么，这不妨碍我们做生意，但你最好别指望想通过这事修复咱俩之间的关系，懂吗？杜洛若厄克！"

厄迦丝最终使用的那个词，即便是听不懂北地语的人也能大概猜到其中的意思。

"你说了算。"

在与厄迦丝的对话中，诺维斯基显得相当被动。

"那么就让我看看你的诚意吧。"

厄迦丝将她的夹克脱掉，毫不避讳地展示出了她上体大部分的肌肤，似乎没必要也不屑于对义体部分进行基本的掩饰，厄迦丝身上很大一部分连刻线式的仿生皮肤都没有配备，狰狞的机械臂从她的臂膀处径直裁开，散发出一股狂野的危险气息。

将夹克盖在了诺维斯基和自己的手上，厄迦丝开始了一种在古拉格区相当泛用的议价方式。捏价，即交易双方通过指语在他人看不到的位置进行讨价还价，这种古老的方式流传至今，唯一的不同之处就在于厄迦丝的夹克是由特殊的阻性材质构成，大部分具备透视功能的义眼设备都无法对其一探究竟。

"成交。"

经过了几分钟的博弈，厄迦丝对结果显得很满意。诺维斯基松了口气，习惯性地想要在风衣内兜中取出香烟，却发现那盒烟已经被厄迦丝纳入囊中，于是他从另外一个衣兜又掏出了一盒。九条薰注意到，诺维斯基的内兜至少还备着两三盒这个牌子的香烟……

第六章

Demerol

与厄迦丝达成合作后，诺维斯基和九条薰在厄迦丝的厂房休息了一夜，第二天一早厄迦丝便把诺维斯基与九条薰叫到了她的办公室分享情报。

"我按照你提供的线索去简单调查了一下，基本可以确定是桑顿帮的那群混账干的。"

理论上厄迦丝应该一宿没睡，但她的脸上看不出丝毫的疲惫感。

"桑顿帮？没听说过，再往上是谁？"

"硬要说的话，再往上就是摩伦哈迪尔了。"

"那来头儿不小啊，但哈迪尔会是放任手下私掠盗窃的人么？"

诺维斯基对哈迪尔还算了解，顺着线索问道。

"这就涉及一个深层问题了，古拉格区名义上虽然还归北地重工所有，但实际上已经被北地辛迪加架空了，你是当年那场变故的主要参与人，具体情况不需要我多讲对吧。"

厄迦丝在说到"主要参与人"时特意停了停，大有揶揄之意。

"我能接到手里这份委托也要归功于此，但这跟哈迪尔有什么关系？"

面对厄迦丝的揶揄，诺维斯基表现得倒是颇为释然。

"在飓风夺得古拉格的控制权以后，北地重工的高层也好，泽都管理署也好，都认为这不过是一场叛乱，但事实上飓风她想要得更多。"

随着话题的深入厄迦丝言语之中夹杂的情感从揶揄逐渐变得沉重。

"其实我当时对此有所感知……"

诺维斯基附和道。

"你有所感知？别开玩笑了你这混蛋，你在对女人的判断上就从来没靠过哪怕一次谱，这一点我可是深有体会。"

厄迦丝怨念颇深地抱怨道。

"确实如此——请继续。"

对于厄迦丝的抱怨诺维斯基顺滑地表示了默认。

"在那之后飓风打着乱世用重典的旗号掀起了好几次内部斗争，清剿了北地重工的反对者。"

厄迦丝咬了咬牙，显得相当不满。

"接着这场清剿运动就降级到了下层人的身上对吧？"

"是的，对于上位者而言，相比于优化和解放生产力，掀起斗争维护统治总比带领大家共同过上好日子要来的容易，不是么？换我我也会这么做。"

厄迦丝沉默良久，接着释怀般地挤出一个短暂笑容，由之前的沉重感再次转向了揶揄。

"所以摩伦哈迪尔在这其中扮演了那个马前卒的角色。"

"对，桑顿帮就是这些事件的负面产物之一。"

"那么以你对桑顿帮的了解，他们会如何处理偷来的东西？"

"方便转手的会流入万兴区的黑市，而不方便转手的他们会拆解留下有价值的部分，其余销毁。"

"销毁？这可不行！我们得尽快行动！"

一直没有参与进讨论的九条薰突然发作。

"冷静点儿，贸然采取行动只会让情况变得更糟。"

诺维斯基对九条薰劝道。

"是啊，我的弟弟随时面临着被销毁的危险，你让我冷静。"

九条薰显得有些激动，死死地盯着诺维斯基，气氛随之变得焦灼起来。

"弟弟？什么弟弟？等等，你之前说的那些他妈的赃物里面还包括了一个人质？"

厄迦丝的质问为这层焦灼添加了几许混乱的成分。

"不，不是人质，是其他的什么东西，回头我会给你讲明白。"

诺维斯基对厄迦丝解释道。

"是啊，在你眼里他当然算不上是个人质，你以为我不知道母亲对你说了什么？听到销毁这件事时你其实在心底松了口气甚至在窃喜，对吧？"

对于诺维斯基的解释，九条薰的情绪再次升温，眼神中甚至带有了些许攻击性。

"母亲？那他妈又是什么？"

一头雾水的厄迦丝也被带动起了情绪，让本就紧张的局面更加混乱。

这时角落里的一个阴影逐渐显露出身姿，如同被唤出以示威胁，深作柳现身至三人之间，让本就混乱的气氛再度升级。

"操！这他妈又是谁？她是什么时候进到这里的！"

如果说刚刚的对话只是让厄迦丝越发迷茫不解的话，

深作柳的加入则彻底点燃这场对峙的危机性，厄迦丝几乎是本能地将她的机械臂抬起对准了深作柳，作为回应，深作柳则放低身姿摆出了一副将要迎战的架势。

"大姐头，诺维斯基先生，早饭准备好了，我今天甚至买到了格瓦斯和香蜜茶！"

突然推门进到办公室的柯西金在说完话后才意识到自己似乎闯入了一场不得了的对峙之中，定格在了原地……

"格瓦斯，多少度的？"

"四……四度的，诺维斯基先生。"

"有机酿造而不是那些靠味素勾兑出的垃圾饮品对吧。"

"有机酿造，诺维斯基先生。"

柯西金表情凝重地答道。

"很好，四度的格瓦斯，早餐时间。"

诺维斯基径直从对峙中的几人之间穿过，离开了厄迦丝的办公室。

第七章

Ethanol

格瓦斯，利用面包干发酵酿制而成的经典北地饮品，依照口味不同加入蜂蜜或酒精都能顺滑地调整其口感和甜度，由于太阳超频导致全球耕地锐减，大部分饮品的原材料都要靠调味素替代，依靠泽都高效倍产的小麦农场保证了充足供给的格瓦斯，成为在古拉格区地方饮品领域有着统治地位的象征性存在。

在乌烟瘴气的古拉格区，一杯清爽香甜的格瓦斯对于诺维斯基来说堪比救赎，但这场本应如同仪式般的早餐环节存在一些瑕疵，比如说眼前这三位凶神恶煞的女人。

几乎是把刚刚剑拔弩张的窒息气氛原封不动地移到

了餐桌上，九条薰、厄迦丝与深作柳呈三角分布坐在诺维斯基前方，极其识时务的柯西金以帮工为由逃离了就餐地点，孤立无援的诺维斯基将装有格瓦斯的杯子紧紧握住，他既不敢将杯口推向自己的口中，也不想松开杯口对当下的气氛有所破坏。

"很好，一个黑色直长发的东瀛女孩，带着个机械忍者模样的所谓家臣，以护主安全的理由潜入到我的办公室，听起来可真理所应当不是么？但这事儿本质上就是一次赤裸裸的欺诈和侵入，不能因为你是瀛人的身份背景制造刻板印象就让你蒙混过关。"

厄迦丝率先打破了死寂的气氛，直截了当地对九条薰发难。

"厄迦丝女士，我充分地理解你的愤怒与不满，请接受我的道歉，但也请您正视此次冲突的根本原因在于诺维斯基先生不得当的业务处理。"

九条薰对厄迦丝的态度相当恭敬，在点名诺维斯基过错的同时将视线瞥在了诺维斯基的身上。

"……"

被九条薰所带动，她的家臣深作柳也将面部缓缓转向诺维斯基，用冰冷的视线望着诺维斯基。

"看来这个东瀛女孩深得权宜之道嘛，那么，诺维，你是不是该说些什么？"

厄迦丝因九条薫的发言顺滑地被纳入到了同一战线，她豪放地将双脚放在了桌子上以威逼般的语气将矛头对准了诺维斯基。

　　"……"

　　面对眼前已经形成的女性统一战线，诺维斯基松开了他全程握着的格瓦斯杯子。

　　"听着，迦丝，我们已经谈好了价码，如果你因为这个小插曲要抬高价码，我们可以重新再谈，但如果你只是想趁乱将你不理智的一面放纵出来，那你最好理智地再考虑一下是否应该那么做。"

　　面对诺维斯基的发言，厄迦丝保持着她的姿势一动未动，眼中闪起被诺维斯基如此强势行为而挑起的怒火。

　　"你应该是个理智的女人，告诉我，迦丝，你理智吗？"

　　诺维斯基将双手放在桌上，对厄迦丝追问道。

　　面对诺维斯基的质问，厄迦丝瞪大她的义瞳周身散发出了相当危险的气息，她咬紧牙关盯着诺维斯基，似乎是在发作与发疯之间寻求取舍，而诺维斯基则是保持住了姿态，不卑不亢地看着厄迦丝，等待着她的回应。

　　"是的……诺维，我理智。"

　　最终，厄迦丝选择在对峙中卸下了气势，将她的双脚从桌上拿了下来。

"至于你，大小姐，我之所以准许你与我一同行动，是希望你能在这次行动中提供帮助并起到一些积极作用，别再试图指挥或命令我做事。"

诺维斯基发言完毕将桌上的格瓦斯一饮而尽，掏出烟盒拿出一根香烟咬在嘴中，留下三位女士，头也不回地离开餐桌，去一旁的天台摄入尼古丁。

到了天台，诺维斯基撞见了一个熟人。

"诺……诺维斯基先生。"

柯西金小心翼翼地对诺维斯基打了个招呼。

"柯西金，你在这做什么？"

"刚刚那个气氛有点太可怕了，我只想着尽快离开，结果不小心就来到天台了。"

柯西金显得有些不好意思，支支吾吾地对诺维斯基解释道。

"……"

诺维斯基没有回应，而是深吸了一口香烟。

"我本来也想回去的，但与其再置身于刚刚那个气氛，我宁愿在这儿继续耗上一会儿。"

柯西金继续解释道。

"我能理解。"

对话至此，两人陷入了一阵寂静，下方厂房传来的嘈杂不绝于耳，柯西金似乎想说些什么，但欲言又止。

"人总要面对一些让你发自内心感到恐惧的东西，直面它绝非明智之举，只不过有时候不得不这么做。"

诺维斯基打破了沉静。

"可是，诺维斯基先生，您曾化解过古拉格大危机，经历过无数次出生入死的高难度任务，像您这样的人应该早就适应这些了吧。"

"义体改造与它所带来的增殖性可以缓解情绪造成的负面波动，一定程度的阅历也能让人对恐惧有所适应。"

诺维斯基缓缓将烟雾吐出，对柯西金解释道。

"所以，诺维斯基先生……您是真的无所畏惧了吗？"

柯西金显得不再萎靡，以相当仰慕的语气问道。

"差不多，但也有例外。"

"例外？"

"比如刚刚我鼓起勇气教训你家大姐头的时候。"

诺维斯基将最后一口烟吸完，皱着他的眉头认真地回答。

柯西金似乎听懂了，但好像又没太懂，只好做出一个释然的表情。

"诺维斯基先生……我们要进去么……"

片刻沉寂后，柯西金问道。

"不，我不太想进去。"

"我……我能理解。"

第八章

Chlorphenamine

厂房区的临时监狱是北地辛迪加在古拉格各个分区设置的治安设施，临时监狱这个称呼并不通用，它有更接地气的名字，即兽笼监狱，之所以这么叫是因为兽笼监狱内的牢房架构十分复古，钢筋、镣铐以及粗制滥造的屏蔽装置，古拉格区的绝大部分人都认为这里关押着的劫匪毛贼既蠢又坏，是整个生态链中下级的存在。

"嘿，诺维亚姐妹，你来这里干什么？"

负责管理兽笼的管理者对厄迦丝招呼道。

"我的厂房丢了几件中区大客户专门定制的零件，想找桑顿帮的那群烂仔打听点儿情况。"

厄迦丝犹如这里的常客一般，将一个贿赂用的包裹递给了管理者。

"那可要抓紧啊姐妹，已经打好招呼了，有什么需要尽管跟里面的狱警讲。"

管理人员接过包裹，将大门打开放行。

"你怎么跟这儿的管理人员混得这么熟？"

顺利通过监狱大门，诺维斯基对厄迦丝问道。

"小部分原因在于我偶尔会来这里赎人。"

"大部分原因在于我曾经常被抓到这里等人赎。"

厄迦丝说罢，略显苦涩地笑了笑。

诺维斯基与九条薰跟随厄迦丝进到监狱内部一个分区，牢笼中的囚犯被枷链固定住四肢束缚在地上，头上罩着的面罩让他们失去了基础的视觉与语言能力，相比于称其为囚犯，他们的待遇更像是被囚禁在牢笼中的牲畜，这也很好地诠释了为什么这个地方被称之为兽笼。

"所以他们就这么把犯人铐在笼子里？"

九条薰显得有些不满，就如她价值观中人性的部分被眼前的情形冒犯了一样。

"与其说是犯人，不如说是商品，在古拉格，任何人都能从兽笼中明码标价地把囚犯赎回。"

厄迦丝对九条薰解释道。

"听起来就像是奴隶贸易。"

九条薰撇了撇嘴呛道。

"别那么绝对，小姑娘，才不是什么奴隶贸易，出于自愿原则，即便你想花钱赎人，也要看对方答不答应。"

厄迦丝悠然地对九条薰解释。

"你是想说有人情愿选择在这儿当人彘？"

九条薰反问。

"你说什么？最后那个词。"

"人彘？我最后一个词说的是人彘。"

"那是什么？"

原本由厄迦丝主导的监狱问答过程突然因她在词汇知识方面的匮乏陷入了奇怪境地。

"是源自东方的一个较为古老的词汇，指四肢被切除的人。"

诺维斯基预感倘若自己参与到两个女人的对话中一定会让局面陷入尴尬，但他还是对厄迦丝的疑问做出了解释。

"哦，也就是说你就是人彘对吗？诺维。"

厄迦丝顺势问道，丝毫没有意识到有任何不妥之处。

"……不，有所区别，请把注意力放在正事儿上。"

诺维斯基对自己自掘坟墓的介入感到后悔异常。

"好吧，你打算选哪个？"

眼前列着的是数个被关押在此的桑顿帮成员，他们就像橱柜中的商品一样供人挑选，区别在于这里的橱柜变成了牢笼，而导购人员替换成了狱警。

"最左边这个吧，他的关押时间与咱们需要调查的内容比较吻合。"

诺维斯基查阅着关押名单说道。

"好，最左边这个。"

厄迦丝向一旁的狱警打了个招呼，将最左边牢笼内的囚犯带到了审讯室。

拿下面罩后囚犯对眼前的光感十分抗拒，捂着眼在地上挣扎了一会儿，除了九条薰以外其他人对这一状况显得相当习以为常。

"他叫什么名字？"

厄迦丝对狱警问道。

"奥列格，盗窃现行犯。"

"你们是谁？我不认识你们。"

名叫奥列格的囚犯率先发话。

"我们在追一批失窃的货，想从你这儿了解一些情况。"

诺维斯基试图交涉道。

"门儿都没有，你们这群臭伊万。"

尽管被囚禁在笼中好一段时间，奥列格却有着相当强的反抗精神，又或许正是因为这个原因，他的反抗精神才会这么足，不管怎样，奥列格的无礼成功激怒了狱警，他结结实实地赏了奥列格一个耳光。

"这一耳光是免费的，之后如果需要我帮助拷问就要收费了。"

狱警用商业且专业的口吻说道。

"桑顿帮的人是律贼出身吗？"

诺维斯基注意到了奥列格身上的一处纹身，对厄迦丝问道。

"不全是，但占了很大一部分，为了肃反运动，摩伦哈迪尔受飓风之命释放了不少老律贼，桑顿帮受他们影响很大。"

厄迦丝解释道。

"他的身上有律贼的纹身，不是他们自己人的话是不会配合的，得换一个。"

"看来自助服务要变成定制服务了，我试试沟通一下吧。"

厄迦丝轻叹了一声说道。

经过厄迦丝的一番讨价还价后，狱警将另一个囚犯带进了审讯室。

"这个最好有用。"

厄迦丝不太情愿地将另一个包裹递给了狱警。

"放心吧，哪怕在我们这鬼地方他都是人厌狗嫌的存在，绝对能满足你们的特殊需求，不过你们最好把心态放正，不然肯定会忍不住揍这个吹牛大王，按照规定，想要揍囚犯只能通过我们，不过无所谓了，你们开心就好。"

狱警满意地收下了包裹，留下忠告离开了审讯室。

"他为什么走了？"

"可能是觉得这个囚犯不需要他在旁监管。"

厄迦丝将囚犯的面罩拿了下来，对方是一个外貌二十多岁的男性，相比于上一个囚犯，这个囚犯看起来确实更加配合，之所以诺维斯基会这么认为，是因为对方哪怕还未完全适应眼前的光感，就已经投来了灿烂的微笑。

"嘿，我叫古茨辛穆兰，感谢你们救了我，或者说还没完全救，但我一定会尽可能配合你们的一切要求，因为这个地方真的不太适合我，当然，这地方其实不适合任何活物，我不过是芸芸众生中微不足道但却又十分不幸地被抓进来的一分子。"

名叫古茨辛穆兰的囚犯十分健谈，用废话含量极高的开场白做了自我介绍。

"你对桑顿帮了解么？"

诺维斯基开门见山地问道。

"事实上我就是他们当中的一员，毕竟加入桑顿帮又没什么门槛，当然，混不混得好就要另算了。"

古茨辛在讲话时绘声绘色，甚至会下意识地搭配一些生动的肢体语言。

"那么古茨辛，你是怎么被抓进来的？"

"就是那种，你懂得，出来混有时候就是要为兄弟顶罪，别看我这样，在讲义气方面我始终都是义不容辞的。"

古茨辛用他略显浮夸的方式回答道。

"天哪，这傻蛋竟然蠢到为了吹牛而撒这么没水平的谎，兽笼只关押现行犯，根本就不存在他说的顶包。"

厄迦丝无奈地抱怨道，显然是觉得花刚刚的价钱买来古茨辛是一笔赔本买卖。

"听着，我对你是什么样的人没有太大兴趣，你不需要向我证明你在这方面的价值，我只是想通过你追查一批被桑顿帮偷走的货，你能提供帮助么？"

诺维斯基对古茨辛问道。

"你算是找对人了老大，咱也算得上是桑顿帮里的一员核心人物，盗窃货物这种活儿都是由我打头阵，绝对能帮到您。"

古茨辛十分积极地回应道。

"桑顿帮的核心人物都是打手，盗窃活动都是靠最不入流的下三滥执行……就如狱警所说，咱们买来了一个吹牛大王。"

厄迦丝显然已经对满嘴跑火车的古茨辛失去了耐心。

"这位大姐头，合理地对自己进行适当的包装是每个有梦想的小伙子都应该具备的上进行为，知道在古拉格这鬼地方什么最重要么？上进心！就是这个，况且就如这位老大所说，如果你们需要的是寻找赃物，那么找我就对了，无论是超规格的义体装置还是高纯度的羲和药剂，甚至军用武器跟会说话的盒子，我都见过，毕竟咱可是帮里的首席神偷。"

古茨辛相当积极地开始了他滔滔不绝的发言。

"会说话的盒子？"

九条薰听到了一个关键词，重点重复了一次。

"对，就是他们前几天在仓库区的一个私人实验室里弄来的一个东西，他们管那叫意识体什么的，反正就是有钱人才玩的那种高科技东西，咱也不太清楚到底有什么用就是了。如果咱有钱的话肯定会多雇几个人把我伺候得舒舒服服的，再搞点儿正经吃的。说实话我已经好一段儿时间没吃到正经有机食品了，要知道我的味腺体功能可是保留得好好的，让我跟那些义体人一样靠吃营养液度日也太浪费了，再就是……"

古茨辛进入到一个滔滔不绝的话痨模式，自顾自地开始讲起没完。

"看来这下咱们走狗屎运了啊。"

厄迦丝耸了耸肩笑道。

"啊？什么？什么狗屎运？那是什么？"

没有搞清楚状况的古茨辛跟着厄迦丝一起附和着摆出了微笑，然后针对性地提出了他的疑问。

　　"狗屎运指的就是你，古茨辛。狱警！我们要赎人。"

第九章

Morphine

　　无论什么时期，能够在古拉格区拥有一套属于自己的完整厂房都是一件难能可贵的事，诺维亚·尼古拉耶维奇·厄迦丝做到了这点。大部分熟悉厄迦丝的人都认为她的事业与成就不应止步于此，但厄迦丝始终把自己放在了生产者的位置，终其半生都未曾越界。在当地，哪怕是下作如桑顿帮的成员也会尽可能不找厄迦丝的麻烦，因为大家都知道，就算厄迦丝并非一个野心家，她也绝不是什么好惹的角色。

　　"所以你们知道那笔赃物里包括了一个会说话的意识体？"

　　在厂房的车间内，诺维斯基等人向刚刚赎回来的小毛贼古茨辛收集情报。

"是的老大，大部分赃物都要经过相当专业的分类，如果有什么玩意儿是我们不该偷和惹不起的，我们就会把它交给哈迪尔老爹。"

古茨辛态度相当积极，他的回答几乎没有延迟，偶尔表现出的踌躇似乎也只是在考虑自己有没有漏说什么关键情报。

"你是指摩伦哈迪尔？他算是桑顿帮的头目么？"

诺维斯基确认道。

"不，我们就是一批……你懂得，闲杂人员，非要聊老大的话我们确实有个管事儿的，但那人是个老想着制造帮派争端的纯人渣，正因如此，我们才需要跟哈迪尔老爹这样有头有脸的人建立点儿关系，换句话说，我们对哈迪尔老爹有义务，但哈迪尔老爹对我们不负责。"

说到这里，古茨辛尴尬地笑了笑。

"古茨辛先生，你必须帮帮我，你们偷到的那个盒子是我弟弟的意识体，我需要把他找回来，请告诉我他的具体去向。"

九条薰加入到了诺维斯基对古茨辛的问话中，显得有些急切。

"嘿，美人儿，别那么激动，我绝对会尽我所能配合你们的。"

作为一个年轻男性，古茨辛丝毫没有掩饰自己对九条薰的好感。

"不过你说那个意识体是你弟弟可真够邪门的。"

犹如习惯性吐槽一般，古茨辛又用极快的语速追加了一句。

"你觉得你的桑顿帮同伙会把那个意识体交给哈迪尔吗？"

诺维斯基将谈话引回正题。

"不，哈迪尔老爹不喜欢这些高科技的东西，相比之下他更喜欢军火与贵金属，说实话，喜欢军火和义体装置什么的我还能理解，贵金属？天哪，我是不明白那些闪闪发光的东西有什么用，这可能就是老一辈的情怀或是脑子的问题了吧，我可管不着。"

古茨辛在称呼摩伦哈迪尔时显得相当恭敬，会特意加上老爹两字以示尊重。

"这个摩伦哈迪尔到底是什么人？"

九条薰问道。

"超级狠角色，对于我们而言他就是古拉格的摄政王，毕竟再往上的阶层我们也触碰不到。"

古茨辛很好地解释了他对摩伦哈迪尔的忌惮。

"照这么说东西大概率还在桑顿帮内部，接下来就是如何把它拿到手了。"

厄迦丝总结道。

"直接找到他们然后用钱买过来可以吗？"

九条薰提议。

"并非明智之举，最好作为后手考虑。"

诺维斯基对九条薰的提议进行了否定。

"跟他们商量好价格然后把钱给他们很难吗？"

九条薰对诺维斯基追问道。

"考虑到这是赃物交易以及双方对彼此的信任程度，潜在风险大。"

诺维斯基对九条薰解释道。

"所以该怎么办？你该不会打算跟桑顿帮的那群泥腿子来硬的吧？"

厄迦丝对诺维斯基问道。

"也是备选项之一，需要权衡才能做决定。"

诺维斯基似乎也没敲定具体计划，模棱两可的回答。

"提前声明，不管你打算实施哪种方案，必须带上我。"

九条薰强调。

"这个也需要再商议。"

"这也要商议？看来你已经在考虑给自己留后路了，诺维斯基先生。"

九条薰的语气称不上具备气势和压迫性，但尽显刻薄。

"我印象里我们上次针对你不干涉我具体行动这一点达成过共识对吧？"

诺维斯基回应九条薰的态度也称不上友善，一股对立感逐步升级。

"嘿！老大，其实没那么复杂，只要把我放走我就可以把那玩意儿给您顺回来，毕竟那盒子算不上大。"

古茨辛突然做出的提议成功化解了有些火药味的气氛，同时也使得在场的人都眉头一紧。

"古茨辛先生，你能做到么？"

九条薰不再对诺维斯基发难，而是上前握住古茨辛的手急切地问道。

"哦，说不好，我是说，虽然我不太确定会不会发生意外，但这对我而言应该没什么难度，毕竟我对桑顿帮的地盘了如指掌，而我本身又是个神偷，再加上你们要找的那东西本身也没多重要，所以在我看来这并不是什么难事儿。"

古茨辛受宠若惊地答道，这个青涩的小毛贼对九条薰完全没有抵抗力，只是如此轻度的接触就让他有些神魂颠倒。

"本来我觉得这小子挺不靠谱，但他说得有点道理。"

厄迦丝对古茨辛的说法表示了一定程度的认同。

"不行，无意冒犯，我信不过你。"

诺维斯基否决了古茨辛的提议。

"哦对，他只信任他自己，除非你让诺维在你脑内装一个随时可以被他引爆的微型炸弹，否则他可不会把这事儿交给你做。"

厄迦丝对诺维斯基展开了一通调侃。

"嘿，老大，我可没什么坏心思，只不过是想报答你们把我赎出来的恩情罢了。如果非要聊我有什么小算盘，要是这事儿我办成了，没准诺维亚大姐头能够帮我在她的厂房里安排个打杂的工作那就再好不过了。要是还有什么其他私心，就是我觉得九条小姐很漂亮，能为这样美丽的女士做点事儿是我受本能驱使与希望的。"

古茨辛相当诚恳地对诺维斯基解释道，看得出来无论动机如何，他确实是想要做些什么。

"我会考虑的，今天就到此为止吧，各位先休息一下，我会在明天做出决定。"

诺维斯基结束了这场小会议，示意大家先行解散。

第十章

Penicillin

灾变元年 16 年 4 月 12 日 泽都 古拉格区

诺维亚·尼古拉耶维奇·厄迦丝的厂房

厄迦丝在房间中用清洁胶擦拭着她的机械臂，相比于厂房内凌乱肮脏的环境，厄迦丝的卧室多了几分居家气息，在这个没有窗户仅依靠通风管道实现空气流通的密闭卧室中大部分的家具都是商品植入型的，这意味着厄迦丝无论是想在自己的卧室中吃点零食，抑或洗个热水澡，都需要单独向供应商交费，由于净水在大环境下的稀缺性，洗浴这个行为对于大部分人而言都显得有些奢侈，更多人会选择使用清洁凝胶维持身体与空间的卫生。

就在这时，厄迦丝察觉到了异样，迅速将机械臂接回上肢，用掌炮对准整个房间的唯一入口，房门打开，对方是诺维斯基。

"诺维，你他妈下次要是再敢就这么一个招呼不打地进入我的房间，我就把你脑袋轰烂。"

厄迦丝骂骂咧咧地关闭掌炮，走到她房间内的自动贩卖酒柜前点了瓶廉价的烈酒闷了下去，然后递给诺维斯基。

"我想跟你聊聊，但我没有你的私讯权限，想要打个招呼都得靠照面。"

诺维斯基接过厄迦丝递来的酒瓶，犹豫片刻后将其放在一旁。

"想要聊什么？这千疮百孔的破事儿本身还是其他什么？"

厄迦丝只穿了一件非常简单的吊带上衣与内裤，淡然地坐在诺维斯基面前。

"这事儿本身，以及很抱歉让你掺和了进来。"

诺维斯基坐到了距离厄迦丝相当近的一个位置。

"明天你打算怎么安排？"

"不知道，我还没彻底搞清那女孩的目的，但已经走到这步了，所以必须有所行动。"

诺维斯基用踌躇的眼神看着厄迦丝，显得有些无奈。

"话说那个东瀛妞确实够离谱的，在她的认知里带个会潜行的随身护卫是件很理所当然的事儿么？"

厄迦丝拿过酒瓶又灌上了一口，评价起了九条薰。

"不光如此，她作为一个泽中区的人在初次来到古拉格的第一夜安然入睡了，以及……一些小插曲。"

诺维斯基提到小插曲三字时顿了顿，欲言又止。

"其实这也还好，她在兽笼里那套蹩脚的人道扮演才过分。"

"这简直就是奴隶贸易。"

厄迦丝模仿九条薰的语气与神态，戏谑式地重复着她在兽笼监狱中的表现。

"但也正因为她的伪装过于拙劣，让我无法对她判断得很准确。"

"你对女人的判断就没准过，跟她拙不拙劣关系不大。"

厄迦丝用她轻柔的目光看着诺维斯基，如果不考虑其他因素，两人当前所处的状态完全可以用暧昧形容。

"九条薰例外，她更特殊一些。"

诺维斯基的发言将恰到好处的暧昧气氛彻底破灭。

"天哪，诺维，你该不会对那个东瀛妞有意思吧？"

厄迦丝不屑道。

"不，我是指她在女人这个范畴上更特殊一些。"

"那是什么意思？"

"我暂时也说不清楚。"

"就冲你动辄跟我这儿猜谜语的分儿上，我也应该让你把报酬给我抬一成。"

厄迦丝将最后一口酒灌入喉咙，对诺维斯基抱怨道。

"抬一成可以，明天我会尽可能不情愿但又无可奈何地让那个小毛贼去取盒子，你得配合一下。"

诺维斯基露出了微笑，就像是一直等待着厄迦丝的要求一般。

"所以其实你早就认定那个屁孩的方式可行了，对吗？"

厄迦丝收回了松散的状态，颇为认真地问道。

"我也不知道可不可行，但他确实是打开目前局面的一个钥匙。"

面对认真起来的厄迦丝，诺维斯基的回答则显得不那么靠谱。

"你打开局面的钥匙是从兽笼监狱那鬼地方靠运气撞出来的？"

厄迦丝显然不是很满意于诺维斯基给出的答案。

"目前为止是这样的，毕竟大部分委托的着重点也并非其本身，而是在于与雇主间的博弈。"

"这次的雇主跟你之间存在什么博弈？"

"她想让我毁了意识体，然后杀两个人，之后再顺势把罪名安到我头上一了百了。"

诺维斯基平静地道出了一个相当惊悚的事实。

"听起来这钱挺难赚的，所以你发现了更大的契机且藏好后手了，对吗？"

厄迦丝倒是显得习以为常。

"不算万全，但也没其他可选。"

"也就是说你的雇主想兔死狗烹，你身边跟着的东瀛娃娃脸女孩心怀鬼胎，而对于这个委托本身你打算依靠一个刚认识不到一天的毛贼，对吧？"

厄迦丝总结道。

"对。"

"很好，到头来忙了半天就是为你寻求一个足够烂到能够与这局面持平的解法。"

算不上抱怨，但对于诺维斯基的所作所为，厄迦丝显然有所不满。

"而那个毛贼就烂得质优价廉。"

"依照我对你的了解，只要你肯跟我透露的，都已经是被淘汰无关紧要的消息，你已经在着手更深一步的计划了，对吗？"

厄迦丝试探道。

"对，但不全都如此。"

看得出来诺维斯基很想再多说一些，但双方都深知目前的交流程度是最优解。

"诺维，我不想干涉你太多，但凡事都不存在最优解，希望你别太钻牛角尖。"

　　厄迦丝不再追问，只是给出了她的忠告。

　　"迦丝，只要你足够理智就会认识到现实不存在最优解，我的所作所为不过是两害相权取其轻罢了。"

第十一章

Peptide

在北地重工管理古拉格的时代，整个古拉格的工业经济受市场经济影响做到了物尽其用，大量的工业厂房每天拉足火力搞生产，但真正的利益却被上层资本牢牢把控，能者多劳但未必多得，更何况古拉格区绝大部分生产力是依靠被关押在这里的囚犯支撑，内部矛盾的激化导致了古拉格大叛乱的发生。上位者妄图掣肘一切作壁上观的做法给了下位者机会，被称为"飓风"的领导者席琳娜在这场纷争中赢下对古拉格的控制权，建立了北地辛迪加。

在飓风女王的统治下古拉格发生了数次大肃反，受市场经济主导的古拉格工业生产转而向受辛迪加支配的计划经济制度转变，大量的厂房被废弃，沦为地下帮派的地盘。

"进去糊弄一下你的同伙儿，等他们对你放松警惕后把东西带出来，我们在这附近接应你，如果你失败了或是没办法下手，想办法在两小时内出来向我报告，否则我们就会执行备选计划。"

诺维斯基拍了拍古茨辛的肩膀吩咐道。

"老大，我得确认一下，你说的备选计划是指？"

古茨辛试探性地问道。

"我和其他人冲进去，通过正面冲突把东西拿到手。"

诺维斯基淡然地回答。

"我记得您说过自己的身份是私家侦探而不是佣兵什么的对吧……"

"成年人为了达到目的总是要屈膝做一些自己不愿意做的事情。"

这一次诺维斯基的语气低沉了不少，能够让古茨辛隐约地感觉到一种威胁性。

"深表赞同，那么我会尽可能地避免您启用备选计划。"

"最好如此。"

目送古茨辛进入到废弃工厂，诺维斯基与九条薰躲避在一个视野相对开阔的废弃平房内静观其变。

"你并没指望他能起多大作用对吧？"

九条薫对诺维斯基问道。

"为什么这么问？"

诺维斯基显然早就预见到了九条薫会这么问。

"因为你看起来已经做好了充足的准备进去跟那些流氓硬碰硬了。"

九条薫没好气地说道。

"这不过是对备选计划负责而已。"

"那个独眼大姐头呢？"

"她去兽笼监狱了，确保我们之前审问过的那个叫奥列格的律贼小子不会在不必要的时间段出现在桑顿帮内。"

诺维斯基不紧不慢地答道，态度上全然没有指望能说服九条薫相信的意思。

"你这么做给我一种欲盖弥彰的感觉。"

被诺维斯基的态度挑衅到，九条薫的语气开始具备攻击性。

"在达成目的之前，我不认为你接下来的行为有什么必要性。"

诺维斯基冷眼道。

"又或许从一开始咱们之间就没建立起最基础的信任，不是吗？"

九条薫将气氛带入到了一种别样的险恶之中。

就在这时两人逐渐升级的对立局面被打乱，几个身上文有律贼纹身的义体人发现了诺维斯基与九条薰，毫无疑问他们是桑顿帮的成员，由于刚刚太过专注于对话，诺维斯基并没有察觉他们的到来。

"嘿，你们两个鬼鬼祟祟的在做什么？"

领头的桑顿帮成员问道。

"一个中年男人和一个东瀛妞，这可真是激发了我的好奇心。"

"嘿，兄弟，小心点儿，那个中年男人看起来可不算好惹。"

"是呀，相较而言我们更不好惹一些不是吗？况且这是我们的地盘。"

桑顿帮聒噪的发言让九条薰全然失去了耐心，她用死寂的眼神盯着几个流氓，就像在宣告处刑一般，诺维斯基展开双手摆出了一个友好的姿势，试图进行交涉。

"听着，我无意冒犯，只是正好带着我的朋友在附近逛逛，你们能不能就当作没有看到我俩，然后大家相安无事地离开？"

诺维斯基表现得相当克制，但此时深作柳已经从阴影之中显现，她使用腕部装备的轮铳迅速击毙了最后方的两名混混，接着配合诺维斯基制伏了另外三人。

诺维斯基注意到了深作柳所装备的轮铳不仅具备消

声功能，甚至无法用他的义眼捕捉到弹道，显然是规格极高的暗杀型装备。

"这只会让我们更容易暴露。"

眼看深作柳以极其娴熟的动作处决掉了剩下的流氓，诺维斯基将仅剩的一人压在了膝盖下，示意深作柳停止。

"朋友，我可以保你一条命，但你得告诉我点儿——"

"我去你妈——"

没等仅剩的那个流氓把脏话骂出，深作柳就将枪口对准他的头部进行了处决。

"所以你配备的枪械……"

诺维斯基对深作柳保持了相当的警惕性，想要缓和气氛般地说道。

"就因为她是东瀛家族的家臣且具备潜行能力所以就必须用冷兵器？你的刻板偏见倒是挺深的。"

九条薰的脸上失去了之前略显稚嫩与天真的神情，取而代之的是一种漠然。

"我们刚才聊到哪了？"

诺维斯基意识到自己并没能够起到任何缓和气氛的效果，只好将话题导回。

"聊到了一个新的交易。"

"什么交易？"

"如果毛贼成功将意识体带出来的话，把它给我，我会支付我母亲承诺给你的费用。"

"如果没带出来呢？"

诺维斯基打断了九条薰的发言问道。

"那么你就要配合深作柳一同将它带出来，之后重复上一项。"

此时的九条薰显然已经丧失了耐心，她用带有怨怒的表情盯着诺维斯基，像是在发出警告。

"你得回答我几个问题。"

诺维斯基在脑内回溯了刚刚深作柳与混混交战时的表现，进行了简单评估后决定以更稳健的方式解决当下的小分歧。

"三个。"

九条薰用手势比出了三。

"好，第一个问题，你就是九条森对吧，当初那场事故真正死掉的是你姐姐，而出于某种原因你顶替了她的身份。"

诺维斯基几乎没怎么思考便做出了提问。

"我不完全是九条森或九条薰，严格意义上来讲，那场事故并没有让任何人真正意义上的死掉，接下来你只剩一个问题了，诺维斯基先生。"

九条薰用手势比出了一。

"好吧，你还挺严格的，最后一个问题，你要找的那个意识体其实并非你自己，对吧？"

诺维斯基将他的最后一个问题问了出来。

"那个意识体就是我父亲创造的我，只不过——你的问题我全部回答完了。"

九条薰欲言又止，此时她已经完全卸下了伪装出的姿态，无论动作还是语气都失去了之前的风貌。

"换我问你了，你是什么时候开始警觉我的？"

九条薰转而对诺维斯基问道。

"你还记得刚到这里时的那个孩子吗？卖手册的那个。"

面对诺维斯基的提问，九条薰看向别处，过了几秒，她转了回来，露出一个不耐烦的微笑。

"没什么印象，怎么了。"

"我找到了他的尸体。"

"原来如此。"

"你没必要杀他，他只是想吃顿饱饭。"

诺维斯基谴责道。

"他吃饱饭的代价不该是取笑和欺骗我。"

面对诺维斯基的谴责，九条薰丝毫没有表现出悔过的样子，而是理所应当地回呛道。

"看来我们的交流陷入不可调和的境地了。"

诺维斯基盯着九条薰，犹如宣告般地说道。

"我倒是觉得这个点到为止的程度刚刚好，你难道就不能老实本分地把这项委任顺滑地做完拿钱走人么？"

九条薰犹如做出妥协般再次对诺维斯基确认道。

"我的经历让我无法很好地冷眼旁观置身事外。"

"所以呢？你能拯救这一切么？诺维斯基先生？"

"不，大部分时候我都是在两害相权取其轻罢了。"

深作柳在双方交涉的同时已经遁入阴影，诺维斯基相当不情愿地进入了备战状态，依照他的判断，他会在与深作柳的交手中处于相当程度的劣势。

就在这时，桑顿帮的废弃工厂方向传来了剧烈的爆炸声响。

"这是你指使独眼女做的？"

九条薰确认了一眼爆炸的方位后愤怒地对诺维斯基问道。

"并不是。"

诺维斯基错愕地看着火光闪耀的废弃工厂。

几乎没有任何时间缓冲，下一个瞬间阴影中的深作柳以刁钻的角度对准诺维斯基的头部发动射击，诺维斯基中弹的同时顺势向身边的墙体发起撞击使其坍塌，将自己掩埋在了平房的废墟之中。

深作柳本想继续对废墟内的诺维斯基施以追击，但收到了九条薰的命令终止了行动，向废弃工厂的方向逐步遁入了阴影之中。

诺维斯基花了一些工夫从废墟中爬了出来，坍塌的平房并没有对他造成多大伤害，深作柳的射击击中了他的颈部，但除了右眼失焦跳帧外没有其他异常，稍微调整了一下状态，诺维斯基快步奔向废弃工厂，想要挽回一些局面。

此时的废弃工厂已经乱作一团，桑顿帮的成员们倾巢出动忙着灭火和抢救财产，几个桑顿帮的战斗人员正好与急忙赶来的诺维斯基撞了个照面。

"这儿有外人！弄死他！"

不存在交涉余地，战斗一触即发，通过诺维斯基的初步观察，这些桑顿帮的战斗成员所装备的义体并不算低端，一旦被他们的工程机械臂近身将会非常被动，但对方毕竟不是专业单位，在防御配备上的缺点也相对明显，暴露在外毫无护甲保护的神经缆，以及完全没有寻找掩体的警觉性都使诺维斯基能够在对峙中找到极佳的突破口。

考虑到自己对此处的地形状况的了解程度，诺维斯基并不打算进行刚性冲突，在确认了对方的枪械配备基本以近距离为主后，诺维斯基后撤逃脱，桑顿帮立刻展开围捕追击。

在逃脱的过程中，诺维斯基想要依靠摧毁高层建筑物造成崩塌效果打乱对方节奏，但这座古拉格废弃工厂的建筑质量相当优秀，几次寻找反击间隙无果后诺维斯基利用对方的盲区隐藏在了一个角落，桑顿帮的成员在距离他相当近的位置展开了搜索。

"妈的，那人呢？威格尔他们的探机怎么没启动？"

其中一个桑顿帮喊道。

"估计是刚才的爆炸把设备炸坏了吧，那家伙应该就在附近，赶紧找！"

诺维斯基几乎可以确定如果发生正面冲突自己能够取胜，但他实在不想在桑顿帮这种程度的敌人身上承担战损的风险，况且目前自己已经与九条薰形成了对立，一旦在交战过程中被九条薰发现，那么局面将陷入更深一步的泥潭。

"嘿，你们在这儿干他妈什么呢？厂房里面有入侵者正在攻击我们，快去帮忙！"

这时从远处传来了一个粗犷的声音将周围寻找诺维斯基的桑顿帮叫走。诺维斯基庆幸于自己逃过一劫的同时，与另一个同样从阴影中溜出来的家伙撞了个照面。

"老大？你怎么在这儿？"

极具辨识度的音色与称呼让诺维斯基立刻就确认了对方的身份。

"古茨辛？"

诺维斯基面前的正是古茨辛，此时他正提着一个黑色文件包，一脸诧异地看着自己。

"咱感觉才不到一小时吧？你们怎么过来了？"

同样不解的古茨辛茫然地问道。

"看到爆炸就过来了，东西你拿到了吗？"

诺维斯基对古茨辛确认道。

"当然了老大，咱可是专业的！"

古茨辛拍了拍手中的黑色文件包，显得相当自豪，但这股自豪感就持续了一小下。

"好吧，其实我可能也没那么神乎其神，主要是突如其来发生了一场爆炸，趁乱下手方便了许多。"

古茨辛走过来，想要将手中的文件包递给诺维斯基。

就在双方距离已经近到快要可以进行交接的同时，古茨辛的视线犹如捕捉到什么，转而快步走向了另外一个方向。

"嘿，九条薰小姐，你怎么也在？这儿可是相当危险。"

古茨辛察觉到的是正在缓步走来的九条薰，此时的九条薰表情淡漠冰冷，但古茨辛似乎并没有注意到这些细节。

"等等！"

就在诺维斯基想要叫住古茨辛的瞬间，深作柳从阴影中飞身而出一脚踏在诺维斯基的胸口，在空中翻滚后撤的瞬间对诺维斯基的胸口进行了多次射击。

"哎？什么情况？"

由于深作柳的动作过于迅捷利落，在诺维斯基已经被击倒后，目睹了这一过程的古茨辛还是没能反应过来当下的处境。

"把东西给我。"

九条薰向古茨辛伸出手，发出了命令。

"可是……"

古茨辛呆呆地望着倒在地上的诺维斯基，陷入了迟疑。

"不要等我杀了你夺过来。"

九条薰警告道。

"听起来可真伤人，我甚至还幻想过把东西交给你时能得到一个亲吻之类的作为奖励呢，结果你看，女人啊女人。"

古茨辛抱怨的同时将手中的文件包递给了九条薰，在深作柳的保护下，九条薰打开了文件包确认了意识体在其中，但就是这样一个短短的过程，四周的桑顿帮成员已经呈包夹之势围了过来。

这次的包围相当全面，四面八方的桑顿帮并没有留出薄弱点提供突围的出口，在局面基本定型后，桑顿帮的人群中走出了一个头目姿态的角色。

"穆兰，穆兰，穆兰，为什么你就连做个小偷小摸的破事儿时都能被人抓现行呢？"

随着最前方头目模样的男人大摇大摆地走向古茨辛，四周聚集过来的桑顿帮成员也彻底包围了在场几人。

男人没有下颌，他的声音由他喉部的一个发声装置发出，理论上来讲他并非本就如此，应该是因为紧急情况而没来得及装配面部义体。

"嗨，德曼老大，你来得正好，咱给你介绍一下，这位是九条薰小姐，那边那个躺在地上的是诺维斯基先生，而这位忍者小姐……"

古茨辛嬉皮笑脸地解释道。

"这位忍者小姐刚刚在厂房干掉了我不少兄弟，我见识过了。"

名为德曼的头目打断了古茨辛。

"既然大家都认识那就再好不过了。"

古茨辛尴尬地笑了笑。

"我曾经以为你只是个连小偷小摸都做不好注定要被关在兽笼里当一辈子蛆虫的傻蛋，但我从没想到过你竟然蠢到现在这么找死的地步。"

由于没有装备下颌，德曼通过发声器所讲的语音并没有多少感情成分在内，理论上来讲他现在应该很愤怒。

"你是这里的头目吗？这件东西是你们偷来的，我不过是想把它找回来，如果你们想要钱我可以支付给你们，但无论怎样我一定要把它带走。"

九条薰上前一步，与德曼展开交涉，即便她已经被桑顿帮的成员完全包围，九条薰依旧显得相当强势。

"听着，东瀛妞，我不知道你是什么背景，但你既然来到了古拉格，那就得按照这儿的规矩办事，而我们这儿的规矩就是：如果你在偷之前告诉我你想买，我会让你滚蛋；如果你在偷之后还妄图跟我谈买卖，我就会弄死你。"

德曼对九条薰毫无尊重可言，用傲慢的态度呵斥道。

"蠢货。"

九条薰轻蔑地骂了一句，示意深作柳发起攻击。

眼前的局面根本就算不上是对峙，而是单方面的碾轧。胸部受伤躺在地上的诺维斯基无法采取任何干涉行动，眼睁睁地看着桑顿帮从四面八方袭来。紧要关头，深作柳展现出了她极强的作战能力，犹如特技演员一般穿插在桑顿帮之间不停使用轮铳配合体术进行牵制，冲在最前端的桑顿帮成员在交手中未能占到任何便宜。似乎出于对使用远程武器有可能会弄坏文件包内物品的忌惮，德曼没有让手下使用枪械与爆炸式武器，让这场本来在局面上呈一边倒的冲突竟然变得胶着起来。

倒在地上的诺维斯基意识开始模糊，他隐约看到了有其他人员加入到了战斗之中，接着便陷入了昏迷……

诺维斯基……

诺维斯基……

你能感知到吗？

当意识再次苏醒，诺维斯基已经躺在了厄迦丝的车间，在经历完厄迦丝的抱怨后，诺维斯基总算恢复了一部分状态。

"迦丝，那东西在哪？"

"具体情况你还是跟古茨辛聊吧。"

"他还活着？"

"对，比你可是要健康一百倍。"

在厄迦丝的车间，诺维斯基见到了正在拧螺丝的古茨辛。

"嘿，老大，真高兴你活了过来。"

古茨辛对诺维斯基露出了一个相当灿烂的笑容。

"你知道东西在哪么？"

"怎么说呢，一个好消息和一个坏消息。"

古茨辛戏谑道。

"真是毫无必要的经典环节。"

诺维斯基叹了一口气。

"好消息是东西并没有被九条薰小姐带走，坏消息是东西是被其他人带走了，这意味着您又有活儿干了对吗？"

"你有线索吗?"

古茨辛狡黠一笑,将一张卡片递给了诺维斯基。

那是一张俱乐部凭证:万兴区　龙荃街34号　鸿昌赌坊

万兴区篇

序章

大将军

梦境能够带来什么?

灵魂的短暂休憩?

罪孽的慢性救赎?

业债无休无止,安睡亦是奢望。

你看起来像一个拥有梦境的人。

你在梦境中看到过蝴蝶吗?

万兴区是整个泽都人口最为密集的城区,相比于泽中和泽北区的繁荣,万兴区则显得更加市井喧嚣,很多人认为就外城区而言万兴区还算可以称得上是个好地方,一是因为万兴区算得上是除了泽中泽北外最早一批投入建设的城区,二是万兴区在商业经济发展上相较于古拉格区和南岸区更具人文和生活气息。

尹兰从狭窄的卧室醒来感觉身体有些酸痛，之所以会出现这种情况很大程度上要归功给她睡的那张小床，简单进行洗漱后尹兰打开了隔壁房间的门。

房间内一个彩色头发的少女正躺在超感卧榻设备上，她的名字叫格溪，某种程度上而言算是尹兰的救命恩人，作为报答，尹兰这几天都在帮助格溪照顾她的个人起居。

格溪的超感卧榻设备还算专业，尹兰不必为她处理外循环装置的卫生问题，但由于格溪的卧榻并没有自动替换营养液功能，所以尹兰每隔两天就要将新的营养液注入格溪的超感设备以保证格溪的身体机能可以正常运作。

"新陈代谢参数……体温监控……褥疮检测……肌肉萎缩度验证……"尹兰在超感卧榻设备确认完相关数据准备离开，这时超感设备突然传来了一则消息。

"嘿，我收到你验证数据的消息了，我看起来怎么样？没有臭掉或是烂掉吧？"

超感设备传来格溪的语音，这个声音并非格溪本身发出，听起来更像是某种电子音效。

"你为什么不试着醒来自己看一看，你都已经在里面五天了。"

尹兰的回应被设备转化为了数字语言，传递给了格溪。

"才五天而已！哪怕曾经没你在的情况下我都足足玩了一个礼拜，我还年轻，肌肉关节不至于因为打几天游戏就出问题的。"

格溪的响应存在一定延迟，配合她散漫的发言态度，让人能够多少感到有些被冒犯。

"是吗？上次你还跟我抱怨你因为玩游戏搞得出现了肌肉挛缩。"

尹兰对着超感设备呛道。

"这次有你照顾我就不一样了嘛，你可真是我的福音，大将军。"

"别再叫我大将军了，我看你的备忘录里有标记今天需要注射羲和，这个是不是需要我来帮你？"

尹兰再次查阅了格溪的电子备忘录确认道。

"哦天哪，把这事儿给忘了，你可以去我的卧室看一看，里面的冰箱里应该还有几瓶羲和药剂。"

格溪在回应时甚至还使用了一个表情符号，全然没有任何紧张感。

"你就不能暂停一会儿你的游戏出来自己找吗？我可不想进到你的卧室里去。"

尹兰只感觉自己通过卧榻设备跟眼前这个处于某种类睡眠状态的女孩拌嘴实在显得有些愚蠢。

"不！休想因为这么点儿破事儿就唤醒我，你知道重新连接一次外循环设备跟脱穿那套游戏服以及验证游戏信息有多麻烦吗？"

"但我不太想进到你的卧室去，那毕竟是你的私人空间。"

尹兰再次拒绝，并找到了一个相当好的出发点。

"放心吧亲爱的，我在游戏里的超级堡垒、色情录像以及各种小收藏才是我的私人空间，至于那个放着冰箱和一张破床的小黑屋既没有隐私也算不上什么空间，你该进就进没有任何关系。"

面对这个相当好的出发点，格溪给予了堪称破罐子破摔的回应。

"好吧，到你卧室冰箱里找到羲和然后给你扎上一针就没问题了对吗？"

最终尹兰还是决定妥协。

"对，我冰箱里备的那款是高级货，自动肌肉注射且针头带有特效麻药，即便是在使用超感时也能毫无影响地给我来上一针，更别说是像你这种接受过专业训练的超级选手了。"

"你怎么断定我接受过……专业训练？"

"我可比你自己要了解你的多亲爱的，总之先搞定羲和好么。"

离开卧榻设备来到了格溪的房间，比尹兰预想得还要过分一些，这里相当凌乱，随意扔放的内衣与各类功能性饮料的空罐以及零食包装，床头的半瓶果酱已经发酵散发出一股带有酒味儿的甜腻气息，强忍住想要收拾房间的欲望，尹兰找到并打开了格溪房间内的冰箱，很快便发现了新的问题。

无论出于什么原因，这台冰箱已经至少有几天没有进行制冷了，格溪珍藏的乳制品零食已经变质，在最内侧放着的羲和药剂应该也已经无法使用了。

尹兰回到卧榻设备前将这个不幸的消息告诉了格溪，尽管是隔着数字空间进行交流，尹兰依旧能够感到格溪的悲痛之情，在协助格溪从卧榻上苏醒后尹兰将一瓶水递给了格溪。

"至少这个还没变质。"

尹兰安慰道。

"大将军，这个是水，不会变质，我把它放到冰箱里只是为了喝口冰凉的。"

格溪接过水瓶，有气无力地回应道。

"所以为什么冰箱会坏？"

"并不是冰箱的原因，一定是哪个王八蛋偷接电缆的时候把我卧室的供电给弄坏了，真他妈的没素质。"

格溪愤愤地骂道。

"这可真是过分，有办法找到是谁做的吗？"

"无所谓了，当务之急是及时补充羲和药剂以免夜长梦多。"

"唔，我还以为你会因此抱怨很久，但你的反应比想象中的要成熟。"

尹兰用称赞的语气说道。

"我好歹受过一些教育而且还是个义体医生，这些损失在我的可承受范围内，但我内心的难过可是要比表现出来的要强烈许多，毕竟羲和药可不便宜，更何况坏掉的还不止那些，总之这也算给我提了个醒，下次我要给我盗接的电缆装个保险之类的东西。"

格溪滔滔不绝地说道。

"呃，你是说……你的电缆也是盗接的？"

"不然呢？你指望我掏钱去买那种已经在中城区无限覆盖供应的电能？这根本就不公平，有钱人能免费用到的东西我为什么要付钱才能用？盗接电缆是一种生活态度，代表了身处被剥削阶级的我的无限斗志，你懂吗？"

格溪振振有词地说道。

"我并没有评价你的消费观，只是随口问一句。"

"我也不是非要这么刻薄，但刚刚损失了这么一笔好歹也要发发牢骚嘛，穿上我给你买的那套保镖服，咱们得出去一趟。"

格溪从卧榻的角落中找出一只袜子穿上，对尹兰盼咐道。

"你刚刚说出去?"

尹兰对格溪确认道,似乎显得有些意外。

"对,所以你要穿上那套保镖服。"

"我以为你讨厌出去走动。"

"我当然讨厌,但总不能指望黑商们能将走私品送货上门吧?尤其是事关性命的羲和药。"

格溪解释道。

"为什么事关性命的羲和药你却要买走私的?"

"因为同样的货渠道不同价格能差几倍,正因为这东西事关性命,总得让大家都吃得起不是吗?走私羲和就既满足了让生产商能够赚足有钱狗的钱,又不至于让底层人完全买不到两点好处。"

格溪四处寻找着她的另一只袜子的同时对尹兰解释道。

"所以哪怕是生产商都不会追责这些走私品么?"

"这东西哪怕药效不行充其量也就是烂个胳膊腿,大不了截肢换义体,至于什么赛博失心疯之类的那就是之后要考虑的事儿了。再说我作为一个义体医生压根就不太认可赛博失心疯是跟义体改造程度有直接关系这个说法。总之上层人为了谋求利益连弄出人命都不怕,截个胳膊腿儿有什么大不了得?反正义体贸易也是那群人在做，横竖逃不出他们的手掌心。"

高谈阔论的同时，格溪终于找到了自己的另一只袜子。

"你倒是对这些外在事物有着相当的见解，我一直以为你就是个沉迷于躺在卧榻上玩超感游戏的居家客。"

"能够沉迷于一个爱好忘乎所以醉生梦死是件幸运且幸福的事情，但对残酷现实的客观必要认知也不能少。在现实中能有个活人陪我说说话的感觉真好，但咱们接下来有事儿要做，去换上你的保镖服，那是我专门为你定制的。"

格溪再次强调了那套保镖服，并指了指尹兰背后的储物柜。

"其实我对穿着并没有什么讲究。"

似乎对格溪所说的保镖服没有什么好感，尹兰本能地推托道。

"像你这种身材和身高的女性常规码的衣服也穿不了，更何况你手上的特型义体变形时会弄坏袖子，所以定制是肯定要有的。对了，这对儿机械臂用起来如何？有没有不适感？"

"你不提醒我的话我会觉得它就是我身体的一部分。"

尹兰摊开她的双手对格溪展示。

"很好，但又不太好，好就好在你对这套我能找到的最棒的机械臂有着极其完美的适配度，不太好的方面则是适配度太高也是个问题。以一个专业义体医生的角度来看，我通常认为人体和义体的适性保持在能够尽可能驾驭义体的同时还能够清晰地感知到义体并非自己的一部分最佳，显然以后者的标准来看你有点不合格。他们说认为义体是自身一部分的错觉是赛博失心疯的先兆，我虽然不信那套理论，但你最好还是注意点。"

格溪的语速很快且连贯性极强，除此之外她在交流时的表述思路相当清晰，这种特性并不是单纯地用口才好或是交流能力强就能概括的。

"我以为我是特例。"

"对你是特例，你的各类参数都表明你的感官和运动神经都在成长期得到了完美的开发。更有趣的是按照生长数据来看你从出生到现在都在严格控制营养摄入，别说是成瘾性药物了，就连咖啡因这种在我看来是生活必需品的东西你也没任何依赖性。如果不考虑其他因素，单从这方面来看，你就像是个从什么宗教故事里走出来的圣人。"

说到这里，格溪环顾了四周似乎是想找点饮料喝，但在寻求无果后她只好选择抿了一口尹兰递给她的水。

"接下来你又要相当不自然地展开对我身世的推测了对吗？"

"其实也没什么好聊的，一个身高两米左右的配备着尖端战斗义体的女性，身体参数展现出的指标全部能够达到我认知中的人类上限，凭这几点来看你只可能是上层财团专门培养出的特勤杀手或者专用的战斗人员之类的，每每想到这一点我都在悔恨为什么要把你给弄活。顺带说一下，你被送来时装备的那套义体比现在装备的这件我能找到的最好的机械臂还要高不止一个档次。"

说着自己十分悔恨的格溪表现出的状态却一点儿也看不出悔恨，相反，她似乎相当享受与尹兰相处以及交流的过程，在这期间她并没有闲着，而是拿着尹兰递给她的水四处翻找零食，或许是因为刚刚苏醒的缘故，格溪显得对食物相当渴求。

"或许是因为你良心发现，又或者是命中注定什么的？"

尹兰提问的同时，将一瓶果酱递给格溪。

"是啊，指望我命中注定或是良心发现把回收来用作拆零件的不知名尸体救活养起来？我只是又一次被自己的自负给坑到了，仅此而已。"

格溪拿起一柄勺子搲了一勺果酱含进嘴里。

"当时所有人都断定你是具通过特殊渠道从战斗地点回收来的尸体，但我老觉得我能通过我高超的技艺把你给救活，导致我根本就没去考虑救活后将要产生的一系列问题，而最不幸的就是我竟然成功了。"

由于身体机能还没有完全恢复，格溪甚至连勺子都用不太好，一抹果酱掉到了她的膝盖上，她用大拇指将果酱抹了回来，含入嘴中。

"你这个说话方式就好像不太希望我活着一样。"

"事实上现在算不算活着也要分开论，毕竟你现在的不少记忆和常识基本都是我赋予你的。"

"但你说过即便进行短期信息学习和知识体系架构，一个人认知的形成还是会取决于他的人格相性。"

"对，理论上是这样的。"

再次将一勺果酱塞入嘴中，格溪确认道。

"你觉得我现在催生出的这个认知，跟你所说的我曾经是个战斗人员或者杀手什么的有共通性吗？"

将储物柜打开，尹兰的注意力集中在格溪身上，几乎没太检查那套保镖服就开始进行了穿配。

"谁知道呢，部分人又并非只有一个人格，可能你在刀口舔血时使用的是主要人格，而现在这套相对和善的认知是次要人格吧。无论怎么讲，由于你的作战能力没丢，作为一个保镖真是再合适不过了。"

看着尹兰将保镖服穿好，格溪相当刻意地称赞道。

"你在解释我身世的时候有大量的含糊其词和模棱两可，不过我从有意识到现在接触得最多的就是你，依靠直觉去判断，我不认为你有在骗我，或者说恶意的骗我之类的。坦白来讲这几天照顾你起居以及被你呼来唤去的做各种事情我都还挺乐在其中的，但这身衣服……让我感觉有点不适。"

尹兰穿好了格溪为她专门定制的保镖服，这件所谓的保镖服所面向的群体应该是特指万兴区的地方帮派内的街头风格，完全暴露在外的腹部、无袖的狂野造型以及充满叛逆元素的刺绣，尹兰感觉这套衣服被自己穿出了些许的戏谑气质，用无可奈何且略显生气的眼神对格溪表达着抱怨。

"穿搭是门学问，从专业度和实用度的层面来讲这套衣服的功能性绝对是满分，它可以把你的格调拉低到那种动辄跟人抄家伙干架的街头混混一个档次。"

格溪一本正经地评价道。

"有这个必要吗？"

有那么一个瞬间，尹兰似乎在格溪的脸上捕捉到了偷笑的痕迹。

"当然有，我曾经也困惑于为什么黑帮会沉溺于如此俗气且白痴的符号式表达，但后来我逐渐理解了他们的用意，龙啊虎啊的图腾式符号象征着一种野性且原始不被常理束缚的精神，这种反智精神是可以引发人类本能恐惧的。"

格溪再次开始了她的夸夸其谈。

"我以为这种行为很幼稚。"

尹兰再次看了看自己的这身装扮反驳道。

"不幼稚，够俗够蠢够野蛮就是能够让人对你心有余悸，当你决定以这种方式在一个小圈子内维护自身利益时，它未必不是优解。"

"所以你承认这套衣服看起来有够恶俗了是吗？"

"我是个有独立审美且品位独到的义体医生，一切恶俗在我的眼中都相当平等，绝不会因为谁稍好或稍差一点儿而不歧视，我们需要的是能够简单直观地对大部分人产生威胁性的装扮，在这个前提下你想做到顾全自身的审美那可就太难了。"

即便试着转移了一下侧重点，但格溪显然还是没有对尹兰的提问予以否认。

"好吧，那陪你办完事儿后，你要带我去喝一杯那个带咖啡因的饮料。"

"没问题，这好歹算是你摒弃圣性向世俗低头的开端不是吗？"

"你是指咖啡因饮料？"

"不，我是指这套既暴露又低俗的外套。"

第一章

黑 商

万兴区向来都是作为中城区与外城区的缓冲带而定位的，正是因为它的存在，泽都城区概念上下级划分有了一个可议论的空间，就城区地理位置来看万兴区是不折不扣的外城区，但依照经济发展与繁荣程度而论万兴区要比古拉格区与南岸区繁荣且多元化一大截。

尹兰与格溪步入龙荃街，街区上方相当显眼位置的立体投影广告吸引了她的注意，三个女孩以不太好形容的演出风格在唱唱跳跳，但由于没有任何播放装置，尹兰听不到她们所演唱的内容。

"GXgirl，知名的三人偶像组合，你要是想听她们唱的是什么可以直接用主控芯片连接她们的公共音频，不过水平和唱功完全就是精神污染，抱着猎奇的心态感受一下得了。"

格溪对尹兰介绍道,对所谓偶像组合的态度显得相当不屑。

"……"

尹兰欲言又止,将主控面板切入到了 GXgirl 的公共频道,极具旋律感的伴奏搭配青涩的唱腔传入耳中,尹兰驻足欣赏了一会儿后切出了频道,似乎并没有品鉴到太多歌曲带来的乐趣。

"哦,如果要给我近些日子做的蠢事儿排个名,陪你在大街上听完 GXgirl 的一首歌绝对能排上号。"

格溪用相当厌恶的表情看着上方三个女孩的立体投影说道。

"她们有什么特别的吗?感觉唱的东西……很一般。"

尹兰对格溪问道。

"她们倒是没什么特别的,倒是你对音乐的容忍度挺特别的。"

对于尹兰的提问格溪全然没有好好回答的意思,刻薄地予以回应。

"什么意思?"

尹兰没能理解格溪的意图。

"那能叫一般么?简直就是灾难,曲子已经是依靠意识体创作集成了最洗脑最容易接受的标准编写出的,稍微给些个专业点儿的选手来唱都不至于唱出这种屎一样的效果。"

格溪鄙夷地说道,看得出来她是发自内心地对这三个偶像感到憎恶。

"所以为什么这三个女孩能当偶像?"

尹兰顺势问道。

"因为她们是最优选,身份卑微,成长期没有得到任何系统的培育与开发,天资又差,长相也只能说是初具人形。"

格溪毫不留情地评价道。

"所以你说她们适合当偶像?"

"对,这就是偶像公司想要向资本证明的东西。他们要证明的并不是自己挖掘臻星奇宝的能力,而是如何化腐朽为神奇,将这些不具备任何才能和天资的无能之辈打造成偶像明星。资本需要的是能够量产和可控的产品,而不是难得一遇不可多求的佼佼者。'嘿,各位有钱大佬你们瞧啊,我能把最不堪入目天资愚笨的废物捧成顶流,该投谁不必我多说了吧?'就是这样。"

格溪愤愤地说道。

"本来我还没这么抵触这三个女孩儿,被你这么一说,搞得我有点不知道怎么看待她们了。"

尹兰受到了格溪的影响,皱着眉头望了望上方的立体投影。

"报以嫌弃与憎恶的眼光看待就好了，这些女孩儿的存在就是一种病态，但卑微如我这类人也只能做到不去买她们代言的产品作为唯一的抗争方式罢了。"

"你为什么会有……那么深层的负面情感呢？我是说这三个女孩儿就算没那么好，但应该也不至于让你嫌弃或憎恶吧？"

尹兰似乎还是没有彻底厘清格溪因何如此不爽。

"我憎恶与嫌弃的不是这三个女孩，而是她们背后自以为是的傻×资本的傲慢态度。知道吗？由于你过于稚嫩的认知搞得我在你面前觉得自己就像是个愤世嫉俗的怨妇，但希望你不要真的这么看待我，否则我会伤心的。这背后隐藏的东西远比表象恶心得多，这些在竞劣机制利益至上的原则下代谢出的文化产物可不是那种人畜无害供你选择的商品，他们无孔不入，侵占你的私人空间，街道上电梯里甚至是你公寓中的植入售卖机，真是要命。"

"好的好的我了解了，格溪老妈。"

尹兰用不耐烦的语气对格溪的碎碎念调侃道。

"很好，大将军。"

格溪显然还没有说完，戛然而止道。

穿过拥挤嘈杂的龙荃街来到了鸿昌赌坊，这家门脸儿不大的赌坊是典型的龙荃街黑商交易场所，依靠赌场的独特运营机制帮派可以很好地私下操作各类走私交易，掌管鸿昌赌坊的头目叫作李国强，是这条街相当有名的黑老大。在鸿昌赌坊的门口，一个义体改造度很高的帮派成员站在赌坊门口看场子。

"哟，格溪医生，好久不见。"

对方认出了格溪，用还算恭敬的态度招呼道。

"你好啊，那个谁，你们老大在吗？"

相比之下格溪的态度堪称敷衍。

"老大在里面跟几个头目谈事儿呢，您要是不急的话可以在大厅里攒两桌麻将等他一下。"

"知道了，你的右义眼聚焦是不是出了什么问题？需要我帮你看看么？"

"不用了格溪医生，老大说我斜睨着眼看别人更有威慑力。"

"你老大说得对。"

"还有个事儿，最近闹了几起赛博失心疯的命案您知道吗？他们说按照我这个改造程度距离失心疯也不远了，搞得我好怕啊，格溪医生您有什么建议么？"

"我的建议就是你勤快点儿，有事儿没事儿把你的假胳膊假腿儿拆下来维护保养一下，只要没出现幻肢痛的病症就没问题。"

格溪已经有些不耐烦了，准备带着尹兰踏入赌坊。

"等等，格溪医生，这位大姐头是干吗的？"

帮派人员抬头望了望高自己一头的尹兰，显得有些警惕。

"她是我的保镖，最近麻烦事儿比较多，你懂的。"

"好气派的保镖。"

发出了轻微的赞叹，帮派小弟顺利放行。

格溪带尹兰来到了鸿昌赌坊的内部，这里的环境相当一般，几桌顾客正在大厅搓麻将，也有不少人盯着大屏幕比对着数据，似乎是在下注。

步入赌坊后方的屋内，格溪听到一个粗犷的男声正在与几个帮派成员进行争论，从门外望去，李国强正在跟他的手下们开会。

"操，你们说这些的目的不就是让我给你们一个回应么，我他妈给了呀，让你们自己看着办，听不懂是吧？"

坐在正中央的高大男性就是李国强，他在骂骂咧咧的同时不停地用手指连续轻点着桌面，发出哒哒哒的声音，显得相当不耐烦。

"李老大，大环境什么情况我们也清楚，要是您这儿的其他药物涨一涨也就算了，这羲和药可是救命用的啊，价格有这么大变动实在是不好向下交代。"

一个口吻相对软弱和气的手下对李国强劝道。

"别来这套，你们几个瘪三儿每一环自己能剩多少老子门儿清，稍微抠巴一下就不至于出什么大问题，总之这价儿是抬定了。"

面对对方温和的劝说，李国强显然不吃这套，骂骂咧咧地说道。

"抬药价这事儿先不谈，义体配件也跟着抬算什么？他们吃不到药充其量换根胳膊腿儿，我的客户要是配件出了问题那可是赛博疯，捅娄子算谁的？"

一个嘴上封着铁面罩的小头目开始发表他的意见，相较于刚刚那位，这位小头目的发言充满了负面情绪。

"铁嘴，就他妈你话多，这能他妈捅什么娄子？还是那句话，胳膊腿儿烂了就砍了换义体，疯了就找赛博猎人弄死他们，一切自己看着办。"

李国强骂道。

"哼，真疯了又不是你直面那群畜生。"

名为铁嘴的小头目以唏嘘回敬。

"哟，喜欢顶嘴是吧，行啊，反正我也是受尽剥削图口饭吃，你们要是真这么有骨气，那既然大家能豁得出去团结起来，就一起造反咯。"

李老大将一把金色的手枪狠狠地拍在桌子上威吓道。

在场的其余几个小头目见状不再言语，唯独名叫铁嘴的小头目用他的义眼死盯着李国强。

"好啊。"

片刻之后，铁嘴将他的义体手放在了李国强的枪上。

"你他妈倒是真敢！"

随着李国强的怒喝，屋内的几方人员全都进入了备战状态。

就在这时，一直在门外偷听状况的格溪抓住了这个最险要的时机将门打开，带着尹兰大摇大摆地走进了屋内。

"哟，各位都在啊。"

格溪相当熟络地对着李老人周围几个小头目招呼道。

"格溪医生，你他……怎么来了？"

李国强将顺着形势溜出来的脏话憋了回去问道。

"这不是听说最近世道不太好嘛，赶紧过来找您囤点儿货，还能计划着操作一下，不然过几天要是再涨起来我这日子可就真不好过了，那个老段子怎么说来着？吃面记得先付钱，不然等面吃完没准价钱就翻番了，对吧各位？"

格溪在房间中找到了一个相当合适的位置坐下，毫无紧张感的态度让局面变得缓和了些许。

"格溪医生说得是，趁着现在这价格还有得弄，凑合一下也好。"

其中一个头目看准气氛赶紧顺势劝道。

"对啊，上次不也是这种情况嘛，挨一挨就过去了。"

为了避免当前的局面进一步升级，几个小头目也跟着表态，很快，所有人的目光都投向了依然将手放在李国强枪上的铁嘴小头目。

"李老大。"

铁嘴在众人的注视下将枪缓缓拿起，踱步靠近李国强，将枪柄交了出来。

有惊无险地结束了会议，送走小头目的李国强开始接待格溪。

"格溪小妹，别来无恙啊，刚刚那一茬多亏他妈有你，不然肯定是要弄撅过去几个才算完。"

李国强接过身后打手递来的雪茄点燃，露出满嘴金牙招呼道。

"那个叫铁嘴的挺刺儿啊。"

格溪笑了笑说道。

"他负责义体配件供应，总会时不时地撞见几个赛博疯，时间久了自然会毛躁一点儿，这次来找我是想搞点儿什么东西啊？"

李国强聊到铁嘴时不悦地咧了咧下巴，犹如在表示迟早得找补一下似的。

"羲和药。"

"上次配给你的量用完了？格溪小妹，你可知道规矩的，该不会想从你李哥这儿鼓捣点儿事儿出来吧？"

听到了格溪的需求，李国强变得警惕了起来。

"就知道你这老混蛋要这么问，是我的冰箱供电被盗电佬给截了，搞得这两剂羲和出了问题。"

格溪从她的衣兜中掏出了两瓶完好无损的羲和药放在了李国强的桌面。

"靠！妹子，不是我说，这东西你他妈敢拿冰箱撂着？"

李国强本想继续教导几句，但察觉到面对训斥的格溪有点恼，他及时收住了嘴。

"朝龙，去给格溪医生拿两剂羲和。"

李国强背后的巨汉打手收到命令，离开了他的岗位去后方的仓库为格溪取货。

"最近什么情况？"

格溪坐在她的位置上显得相当放松，悠然地问道。

"据说还是因为古拉格那边的乱子引起的，他妈的那群臭毛子真是不干人事儿。"

李国强用余光看了尹兰两眼，然后回答格溪的提问。

"这也是意料之中的事儿，泽都这地方说大不大说小不小，古拉格的新老大想靠手里攥着的义体工厂制约一下上面儿的大头儿，我倒是能够理解。"

格溪分析道。

"哼，引发的后果就是民不聊生物价飞涨，傻逼毛子们就会搞斗争。"

看得出来李国强似乎受了不小的影响，言语之中充满了情绪。

"没办法，大灾变环境下的新经济嘛，这要是搁当年，还能搞个下乡种地做下缓冲。"

格溪饶有兴趣地聊道。

"种毛地，现在粮食口全被大公司捏着，自动化替代生产农作物，接下来就该他妈替代我们这群下层人了吧？"

"对，顺带说下，你刚刚说的傻逼毛子们就是因为意识到了这点才搞的斗争。"

"我他妈又不是嫌弃他搞斗争，我嫌弃的是他们搞斗争影响了我的生意。"

李国强再次强调自己的立场。

"这就是游戏规则的好处，为下层人斗争承担代价的也是咱们下层人，既得利益者只需要站得高高在上幕后操盘一些就是了。"

"哼，跟格溪小妹聊天就是容易上头，搞得我都想帮衬着那群臭毛子给那些有钱狗们点儿颜色瞧瞧了。"

"哈哈哈，可别，我是个日子人，这些问题还是留给没得选的人去解决吧，我能选安逸地躲在屋里玩超感，就会选躲在屋里玩超感。"

就在两人相谈甚欢之时，名为朝龙的保镖从仓库将装有羲和药的小盒子拿了过来。

"这盒子能制冷七十二小时，充完电可以反复用，不过依你这种动辄就玩超感玩一周的习惯，估计是用不上了。"

李国强将盒子放到了桌上嘱咐道。

"最近有人帮忙照顾我的起居，没准还真用的上。"

"哦？我说呢，这原来是你的新妞头，看起来够威的啊。"

这次李国强毫无顾忌地将目光放在了尹兰身上评价道。

"李老大，我带她来其实也不光是找你买羲和，正好还想，顺带告诉这事儿。"

格溪显得话中有话，稍作犹豫后用相较于刚刚的态度更加认真的语气说道。

李国强先是一愣，然后眉头紧皱了一下，用不可思议的眼神死死地盯住了格溪身后的尹兰，显出一阵惊愕，很快惊愕变成了愤怒，接着他将金属手臂狠狠地砸在了桌上。

"格溪！"

"息怒！顺势而为就做了，我也不想！"

面对暴怒的李国强，格溪却显得相当悠然，面带笑意地解释道。

"当初卖给你是让你往死里拆的，你他妈现在往活里弄？不对，按理说肯定死透了，你是怎么把她给弄活的？"

李国强显得相当激动，骂骂咧咧地问道。

"本来我也是惦记往死里拆的，但是把一个类似于限制器的东西拆掉后就发现好像也没死透，于是就抱着医者仁心的态度试了试，结果就成这样了。"

格溪解释道。

"医者仁心？你真把自己当医生了？你说不好听点儿就是修理工好么！给人装个铁胳膊腿儿的装出幻觉来了是吧！"

被格溪的解释气得不轻，李国强恶狠狠地抱怨。

"当事人还在场，你最好客气一点。"

尹兰打断了李国强的抱怨。

"格溪，这是你在说话？"

"不，这不是我在说话。"

"那这是他妈谁在说话？"

"这是她在说话。"

"我知道是她在说话，所以这是你让她在说话？"

"不，就是她在说话。"

"你的意思是刚才的话不是你让她说的，而是她他妈自己说的？"

"对，我就是这个意思。"

"格溪！她他妈甚至还有自我意识？"

"不然呢，剥夺她的主体意识然后奴役她？我是个义体医生又不是什么心理变态。"

面对格溪的说辞，李国强用一种震撼且扭曲的表情望着尹兰，显得有些恍惚。

"格溪，我需要跟你谈谈。"

这一次李国强的声音显得相当无力。

"这儿又没外人儿，你该说什么说就是了，正好尹兰也可以了解一下她的情况。"

格溪悠然道。

"你还给她起了名字？"

"事实上这名字是她告诉我的。"

"不行，这事儿必须单独聊。"

"好吧，大将军，那你先出去一下，我跟李老大单独聊。"

格溪对尹兰吩咐道。

"朝龙，你也出去。"

李国强吩咐打手朝龙跟着尹兰离开了房间。

"既然就剩咱俩了，正好我也有事儿跟您说。"

目送二人离开后，格溪率先说道。

"好，你先说。"

"关于尹兰这事儿，我得给你道歉，当初确实是说好了你把尸体卖我，我拆完零件就完事儿的，但我也不知道为什么自己会这么做，虽然我知道像我这种人拿恻隐之心这样的理由去解释自己的非常理行为多少有点说不过去，但有时候就是会发生这种情况。"

格溪的发言显得相当诚恳。

"我当然能理解，咱们能够区别于那些个意识体智械人啥的，根本原因不就在这么，偶尔能性情一两次是好事儿，你不用太内疚。"

李国强这一次显得相当克制，用近乎是体贴的态度回应道。

"哇哦，李老大，没想到你竟然这么开明，那可就太好不过了，所以你有什么事儿跟我说？"

面对如此开明的李国强，格溪显得豁然开朗。

"正好和你刚跟我说的这事儿也有关系，你救活的这个尹兰。"

"嗯？"

"咱们得弄死她。"

第二章

Liquor and Punch

将吧台上的不知名饮料倒入口中一饮而尽，充满刺激性的酒精夹杂着廉价的甜腻可可味素在口腔内四散挥发，尹兰努力尝试品鉴其中的乐趣，但并没有收获到什么特别之处。

"第一次喝酒别指望能喝得多开心，不过喝酒是要看气氛和状态的，状态和气氛对了就会变得好喝，更何况这玩意儿廉价得很。"

格溪握着她的酒精软饮对尹兰说道。

"我以为你是要带我喝咖啡因类的饮料。"

尹兰盯着格溪，显得有些不满。

"对，带你来酒吧喝咖啡是吧？你喝的这玩意儿是朗姆，里面是含咖啡因的，混搭起来快乐加倍不是吗？"

格溪跟尹兰碰了碰杯劝道。

"但你刚刚说它廉价。"

"廉价有什么不好，再说酒好不好喝跟廉价不廉价又没关系，廉价代表作为消费方承受了占比更少的剥削，你看到周围一脸假笑的服务生和近似于光污染的装修以及前台那个不入流的傻×DJ了么，他们的薪水是附加在酒里的，你觉得为眼前这不堪的一切买一份儿单划算还是单纯地就想尝口廉价饮料图一乐儿划算？"

针对这个问题，格溪展开了她惯有的长篇大论。

"格溪，你有意识到你在一口一个反消费主义的同时，表述的价值观其实也都是划算不划算值不值的那套理念么？"

尹兰相当尖锐地对格溪说道。

"我反消费主义不意味着我不能有属于自己的消费价值观，就好像我其实并不满意我现在的那套超感卧榻设备但我依旧要用一样，如果有的选我倒是希望自己能有一套想要啥就买啥的消费价值观，但是客观条件不允许啊。"

说到这里，格溪豪饮了一口她的酒精软饮。

"所以你跟那个李国强在屋里聊了什么？"

尹兰将话题一转，开门见山地问道。

"哇，你这话题转得有点生硬啊。"

"咱们相处这段时间一旦发生任何事儿你都会第一时间开始絮絮叨叨，从离开那个赌坊后你就对其中的事儿只字未提，考虑到你这前后的反差，我猜你有事儿瞒着我。"

"我就不能瞒着你点儿事儿吗？"

"当然可以，所以我只是问一下。"

"……"

"……"

两人的对话陷入了一阵寂静，动辄夸夸其谈的格溪变得如此沉默让尹兰相当不适。

"所以……你有事儿瞒着我？"

尹兰试图打破僵局，对格溪试探性地发问。

"对，话说你知道为什么在与我的相处中你都是处于被动方么？"

格溪在回答尹兰的问题后又回给尹兰一个问题。

"因为我没有身份，需要吃你住你还要依靠你？"

"这些认知是谁灌输给你的呢？"

"你啊，但我并没有感到不适，所以其实还好。"

尹兰为自己同时也是为格溪开解道。

"其实你自己就可以做到自食其力，在龙荃街这地方就算没有身份，也可以通过实体货币跟人打交道，虽然限制颇多，但并不是完全行不通。"

"你这么说的意思是？"

"看到那边那个熟面孔了吗？"

格溪用眼神瞥了瞥酒吧出口方向。

顺着格溪的提示，尹兰看到了李国强的手下朝龙如同一座小山一样矗在那里，似乎是知道以自己的条件想要不被发觉也不太可能，朝龙完全没有隐藏自己的意思，一动不动地盯着格溪和尹兰二人。

"李国强的贴身保镖，他的抗震骨骼是我给他安装的，别看李国强这人做生意的时候喜欢寸步不让，但在投资手下装备时可是相当阔绰，如果只是把应用场景锁定在小型械斗范畴，朝龙的战斗力就是这片儿的顶级存在，这也是为什么李国强有底气随时跟人火并。"

格溪对尹兰介绍道。

"所以你要干吗？"

尹兰嗅到了些许危险的气息。

"你去把朝龙揍一顿怎么样，不要打死也尽量别打得太烂。"

"为什么？"

"因为在这个处处充满了弱肉强食令人窒息的社会中，大家伙儿都难得能够找到一些激动人心的乐子，所以有群闲着没事儿干的傻×就开发了一个即时性的酒吧斗殴下注系统，可以让围观者在酒吧斗殴中下注买输赢，而且是现金结算。"

格溪给出的理由相当敷衍。

"你刚刚说我能自食其力就是指让我去殴打这儿黑老大的保镖赚取赌资？"

面对从刚刚开始就有些莫名其妙的对话，尹兰用相当认真的语气确认道。

"对，你能不能就当我没在骗你，直接信了不行么？"

格溪补了一口她的软饮劝道。

"你是指当作你没在骗我，接着按照你的指示去打爆一个身高两米武装到牙齿的职业保镖的头，为你赚取酒吧斗殴的赌资么？"

尹兰再度确认了一遍。

"对，我就是想让你当作我没在骗你，让你按照我的指示去殴打一个身高两米武装到牙齿的职业保镖，但没必要非打爆他的头，毕竟他的帮派跟我是合作关系，你把他打烂，最后还得是我来修。"

作为重复性补充，格溪附加的要求堪称严苛。

"……不行，就算答应你我也不知道如何开场，总不能平白无故就上去揍他对吧？"

尹兰退了一步，但还是没完全答应。

"这个问题你不必担心，交给我就好了，要论挑拨打架拱火儿使坏我可是相当专业。"

格溪见尹兰有了答应的苗头儿急忙跟进，并抛出了一个尹兰完全不懂的你懂的眼神。

　　"嘿，金朝龙，我的好姐妹儿有个问题想问你。"

　　格溪挥了挥手，用相当洪亮的声音对门口的朝龙招呼道。

　　"……"

　　面对格溪的招呼，朝龙只是警觉地注目向这里，并没有做出任何动摇。

　　"你在干吗？"

　　尹兰压低声音慌张地问道。

　　"放心放心，交给我。"

　　格溪一副胸有成竹的样子对尹兰笑了笑。

　　"我的好姐妹儿让我替她问你，南句丽和北句丽到底哪个才是你的故乡？毕竟现在的年轻人对那个木槿旗没什么认知概念。"

　　格溪用相当洪亮的声音喊道，引得酒吧其他的顾客发出了阵阵哄笑。

　　"……"

　　面对格溪不知所云的调侃，朝龙竟然真的显得有些生气，用带有些许怒意的眼神看向尹兰。

　　"你是想用蹩脚的政治玩笑来挑衅他么？你怎么知道他是高句人的？"

尹兰如坐针毡，低声对格溪抱怨。

"因为他叫金朝龙，你懂的，这就是遭受灾变失去了自家政体的男人的软肋。"

格溪低声对尹兰解释，接着做出了一脸惊讶的表情开始大叫。

"哦，尹兰，这个玩笑可真恶劣，你怎么能说朝龙所在的政体早在灾变前就实现了企业统治因此应该很适应现在泽都的生活这种鬼话呢，这可太不应该了。"

随着格溪的喊话，酒吧周围的顾客也发出了起哄般的嘘声。

"快闭嘴，格溪，你以为这种蠢爆了的转述挑衅能让他攻击我吗？他就算生气了也只会把怒火冲向你。"

"不，不会的。"

"为什么？"

"因为他知道我知道他的本姓是阿穆尼布塔斯，这个蒙氏姓被汉化后就是金姓，我猜你一定不知道这条小知识对吧？"

"当然不知道。"

"很好，朝龙也肯定认为你不知道，好好享受你的酒吧斗殴初体验吧亲爱的。"

就在格溪说完话的同时，朝龙投掷的酒瓶已经飞向了尹兰的头部，酒保相当娴熟地按下了安全按钮，吧台瞬间变成半球型的防御状态，四周的桌椅和酒柜也都回收进了地面与墙壁，在场的顾客们大多开始呐喊起哄，也有少部分人急忙切入主控芯片开始下注，这其中就包括了已经退到后场的格溪。

形势所迫之下尹兰不得不将碎在自己头上的玻璃碴拭下，正面应对朝龙。

以旁人的眼光来看，身高两米以上有着明显战斗义体改造的朝龙在这场对抗中占有绝对优势，但事实上尹兰的身形并不比朝龙差多少，且稍微懂行一点儿的人就能察觉到她双臂装备的义体并不低端，但由于尹兰穿着的街头风格的保镖服过于迷惑，大部分人受偏见影响下注时还是选择了在酒吧械斗中看起来更靠谱的朝龙，这使得尹兰的赔率相当高。

"如果我现在告诉你我知道那个什么阿塔穆……阿穆塔之类的姓……算了，咱们还是开打吧。"

面对气势汹汹的朝龙，尹兰抱着最后的希望试了一下能否和解后选择放弃。

接下来整个酒吧的人都目睹了一场奇妙的对决，面对朝龙暴力且凶残的激进攻击，尹兰敏锐地后撤闪避，依靠着极佳的协调性抵挡了朝龙后续砸来的拳头，并抓住对方进攻时暴露的破绽施以还击，无论是攻击角度和出手时机都是如此精准，尹兰的膝击配以刺拳将朝龙打得不停后退踉跄连连，暂占下风的朝龙似乎没有意识到双方的差距抑或决定放手一搏，竟在被尹兰攻击压制的状态下企图强行反击，结果被迎面而来的一拳打出了硬直丧失防御能力，尹兰抓住了这一机会低身蹿到朝龙身后，用手肘将朝龙的头绞在其中。

"别挣扎了，你睡过去对咱俩都有好处。"

朝龙的双眼开始逐渐失焦，睡了过去……

在众人的欢呼下，晕过去的朝龙被专人抬了出去，酒吧的各项设备随之解除安全防御，没过几分钟就再次回到了之前的运营状态。

脸上还沾着被打爆酒瓶溅出的酒水和部分玻璃碴的尹兰回到了吧台，发现自己喝了一半的廉价朗姆酒依旧完好无损地放在原位。

将剩余的酒水一饮而尽，尹兰酣畅淋漓，犹如被酒精救赎一般，身体充盈着沁人心脾的快乐。

"我说什么来着，酒好不好喝跟贵不贵没啥关系，还是得看气氛和状态不是吗？"

将从酒保那里兑换来的一沓现金拍在桌上，格溪一脸欢喜地靠了过来。

"你到底想做什么？"

"具体的回家聊，但有个事儿我得收回前言认个错。"

"唔，你才意识到你做错事儿了对吗？"

"对，错大发了，但知错能改善莫大焉不是吗？刚刚我真不该骂那些发明酒吧斗殴下注系统的人傻×，他们简直是天才！"

第三章

奥德赛

格溪所在的公寓可以透过窗口看到万兴区南部的夜景，这种被格溪唾弃成光污染的景象在尹兰的眼中却有不同的认知，流金、银耀、猩红、湛蓝、淡黄、荧绿……这些交错的光源总是能让尹兰驻足在窗前陷入毫无意义的沉思，她不知道为何如此，但却乐在其中。

"需要我帮你看看头上的伤吗？不过以玻璃酒瓶来看，充其量就是划伤而已。"

格溪从卧室中裹着浴巾走了出来，她撩开尹兰前额的头发，轻抚关怀道。

"你打完義和了？"

面对格溪的关怀，尹兰的回应并没有多少温度可言。

"对，洗澡前打的，你呢，要不要也洗一个？"

格溪显然感觉到了尹兰的情绪。

"不了。"

尹兰轻声回绝，用带有部分期许的眼神望向格溪。

面对尹兰如此的注视，格溪纠结了一小下，接着轻叹了一声，像是做出了决定。

"啊……那个李国强，他一开始是个混帮派的。当时泽都还不像现在这样，一切都笼罩在大灾变的阴影下。由于羲和的供给问题，每天都有因日灼病截肢或死掉的人，更换义体成了大部分人的权宜之选，而我当时正好痴迷于这方面的东西，就开始鼓捣着给人换铁胳膊铁腿儿。"

格溪坐到了尹兰身边，开始回忆往事。

"就在我每天忙活着给人换胳膊腿儿的时候，那个李国强开始倒腾义体生意，我特别恶心这类人，恨不得这种投机倒把的傻×们早点儿死，直到有一天他上门找到了我，说想要和我一起把买卖做大。"

格溪擦完她的头发，习惯性地将毛巾随手扔在了地上。

"你猜是什么买卖？其实套路特别简单，就是将义体原价买下后再加价对外回收，这样操作几番黑商们就能获得自主定价的权力，从而狠宰那些因为日灼病而截肢不得不更换义体的人，结合上他们本身就在经营的借贷和劳役业务，万兴区当时变成了完全就是被帮派管理自治区，老他妈嚣张了。"

格溪讲到这里尴尬地笑了笑。

"作为配合这些行为的既得利益者之一，我最开始以为自己是形势所迫不得已而为之，但后来我发现我乐在其中。

"但即便意识到了这些，我顶多也就是有点自我厌恶而已，因为我是个自以为识时务的躺平主义者，所以只要生活过得去，哪管如意不如意对吧。但自我厌恶是会随着消极慢慢积累的，毕竟我是一个受过教育且对知识与真相有着浓烈探知欲的怪咖，我没办法像其他帮派成员那种人一样真正地乐在其中。"

讲到这里，格溪的表情变得稍显严肃了起来。

"当然，我也不止一次地去幻想或是期待过没准哪天命运会跟我开个玩笑让我有机会改变现状。

"在遇到你之前，我幻想最多的就是自己某一天阴差阳错地变成了无可匹敌的超级英雄然后穿着紧身衣到处乱飞拯救世界，但在遇见你之后，我才意识到幻想变得具备可行性时的可怕。"

格溪话罢，用复杂的眼神看了看尹兰。

"你是指什么可行性？"

打断了格溪的独白，尹兰问道。

"自我救赎的可能性。"

"什么自我救赎？"

"我也不知道，或许就是那种不再向穷人兜售高价义体，不再冷漠地切掉未成年人的手臂，不再对一切麻木不仁，能够对种种不合理的现象骂上一句甚至再给他来上一拳的自我救赎吧。"

此时的格溪显得有些落寞，将头依偎在了尹兰的肩上。

"像个超级英雄一样行侠仗义？"

尹兰重复道。

"内核确实如此，但真正地执行起来要更接地气更酷一些。"

"什么更酷？"

"因为你比我想象中的超级英雄更酷，我的大将军。"

格溪的眼神中恢复了原有的光芒。

"也就是说你默认了我会支持你的自我救赎。"

尹兰的语气并非质疑，更像是一种确定性的试探。

"对，因为从我把你唤醒后你就对我言听计从，说实话我就性格而言是那种消极类选手，在与人相处时更喜欢被动地安排一切，这也是为什么我会跟李国强那种烂人合作的原因之一，但你成功地激起了我的主观能动性。"

格溪补充道。

"其实我也有试着尝试思考为什么要听你的话，是因为你救醒了我，或是别的什么？但我留有的记忆不多，且不是特别能够将注意力放在思考这类问题上，所以我给出了自己一个更简单的答案，那就是在被你救醒之前，我一定服从和执行了太多不遵从于本心的命令，相比之下你的要求就显得如此容易被接受。"

尹兰对依偎在自己身上的格溪坦言自己的感受，感觉心情舒畅了许多。

"哇哦，你的这个自我开脱还真是感动到我了。"

"但也不是所有要求都那么容易接受，有些我还是很抗拒的。"

"听着，让你暴揍那个金朝龙可是有说法的……"

"我是指你让我穿那套又俗又土的保镖服。"

"好的我会注意的，一会儿我们就去定制一套符合你审美的衣服，加急让无人机运过来。所以我们要不要颇具仪式感地再确认一下，你当真是准备什么都听我的与我共进退了对吧？其实就这么混在我的公寓里偶尔给人接接胳膊腿儿带你去酒吧喝个酒打个架之类的生活也蛮不错的。而且退一步说，其实我对约束他人真的没什么太大兴趣。所以如果你觉得我很烂，自食其力也不是不行……"

格溪再次确认道。

"格溪，你这是在尽你所能消磨自己好不容易鼓足的干劲儿吗？"

"抱歉，习惯性行为，所以让我们整理一下目前的状况。作为义体医生的我救活了被黑帮从古拉格回收站买来的你，起初我只是为了把你大卸八块拆掉你身上价值不菲的零件，但在拆掉了一个，呃，我认为那玩意儿算是一种限制器之类的东西吧，太高端了，我搞不懂其中的设计原理，总之你就又变得死得不是那么透了。"

"你觉得那个东西会是什么？"

"介于那玩意儿很复杂，结合上你如此精准的选择性失忆的症状，我猜它大概是某种帮助你独立运行行为逻辑以便更好服从指令的心智控制性的装置。"

在讨论专业问题时，格溪又变得严肃了起来，她依旧本能地保持着与尹兰的身体接触，完全没有分开的意思。

"依照这个推测，我并非自愿效力于我之前所属的势力对吗？"

"不知道，据我所知不少公司狗们为了向上级表忠，恨不得往自己脑子里植入一个随时可以被上级遥控爆炸的微型炸弹，那玩意儿可比你的这个简单直观多了。"

"你的意思是我有可能是自愿接受这种改造的？"

"说不好，反正这个玩意儿的技术含量太高，肯定不是公开科技，想要搞明白问题所在就得掌握更多线索。我得跟你强调一下，如果技术含量太高这个形容是出自我这个义体医生之口，那么这个技术含量之高就是达到了某种匪夷所思的变态程度的高，你能理解吗？"

"你言下之意是我所效力的组织或是势力绝非一般吗？"

在讨论自己复杂的身世与过往时尹兰表现得相当不积极，就犹如是个局外人例行公事般地询问道。

"我倒希望是自己孤陋寡闻，总之情况就是这么个情况。"

"那么接下来我们要去一趟古拉格寻找更多关于我的线索对吗？"

"当然也可以选择继续蜷在我的公寓玩超感游戏当作无事发生，如果你想的话我甚至可以再为你购一台超感设备带你入坑。"

面对格溪稍显认真的提问，尹兰皱了皱眉以示警告。

"算了我开玩笑的，不过想要去古拉格区就先得搞到一个通行证，考虑到你之前的所作所为这个步骤执行的过程可能会有那么一点点尴尬。"

"我的所作所为？"

"对啊，你不是刚刚才把李国强手底下的人揍了一顿嘛，正巧通行证也得是拜托他帮咱们搞。顺带说下，在我跟李国强商量的版本里，是想要计划把你给弄死以绝后患的，所以某种程度上而言你不用太过介意，毕竟我也算是把他给得罪了一番，咱俩半斤八两。"

格溪相当轻松地对尹兰摊牌。

"格溪，你有的时候为了缓解气氛尴尬而故意表现出的欠揍行为真的很欠揍。"

第四章

大乐透

通常来讲黑帮的存在往往是用来填补政体所制定的规则空缺的，但万兴区的黑帮不一样，一开始这里作为流亡之所无人管理，黑帮依靠自己的手段组建起了临时的秩序让无所依靠的难民站住了脚跟，如今资本的控制逐步下沉，帮派与公司逐渐成为一种相互协助又有所对抗的微妙关系。

并非所有人都能够适应这种博弈，就连自诩聪明的李国强也是如此，更何况经常会有一些意外情况让他原本就厘不清的事务雪上加霜。

此时李国强正坐在他的会客室，四周围满了他的小弟，他的脸上充满了错愕与困惑，用一种稍显扭曲的表情和不可思议的眼神盯着眼前跟没事儿人一样的格溪。

"格溪啊，你怎么敢的？"

李国强的声音有些颤抖，相比于怒意似乎疑惑的成分更浓一些。

"其实考虑到种种前因后果吧，确实再把你约出来聊聊会有些尴尬，但我需要你帮我弄一张去古拉格的凭证。"

格溪堂而皇之地提出了她的需求。

"啊？"

李国强甚至不太相信自己听到的话，瞪大眼睛发出了短叹，他身后的朝龙脸上还留有被尹兰拳头揍过的伤痕，用不太好形容的眼神望着站在格溪身后的尹兰。

"是这样的李老大，你看啊，我深知自己在个人行为上不是那么靠谱，但好歹在义体领域方面还是有一定专业度的。"

格溪开始了她固有的套路。

"哦，你继续说。"

面对格溪的扯皮，李国强以敷衍的态度示意格溪继续，但整体气氛显然没那么友善，尹兰能够注意到周围的小弟们都已经进入备战状态，有些心浮气躁的甚至已经亮出了武器。

"就拿咱们做了这么多年的义体来说，其实那都是十几年前军用医学领域淘汰下来的技术。没办法，大灾变环境导致的这种割裂，上层资本已经不在乎沉淀咱们这点儿剩余价值了，他们的技术迭代个几十次，咱们这点儿玩意儿都没准升级不了一回。"

格溪开始夸夸其谈，试图用她认为最接地气浅显易懂的方式吸引住在场人的注意力以安抚当下充满危机的局面。

"你看现在麦卡伦、吉考尔还有北地重工这三家义体大头儿，他们表面上还在做出那种好像是竞争的关系，但哪次涨价不是他们三个一起涨？这次涨价不也一样？这背地里早就形成了一个卡特尔了，义体卡特尔，而且这群公司狗还在干涉羲和贸易确保他们的义体市场规格，宁愿让人缺少羲和断胳膊断腿儿，也不能少了他们该捞的那份，这个跟咱们的生意也对口，你肯定能理解的吧李老大？"

格溪聊到一半，为了提升参与感还向李国强发出了提问。

"你说什么特尔？"

李国强显然没听进去，根本没接住格溪的话茬。

"卡特尔，就是那种大头儿们玩的东西，但本质上跟咱们玩的性质差不多，还记得咱们那次甩货实际上背后都是一个渠道统一价格全程自导自演的那种玩法么？一个意思，就是他这个规模大了一点儿，当然可这个一点儿有点大，几千几百倍吧我说不好。"

格溪声情并茂地解释道。

"你接着说。"

这次李国强显得没那么敷衍，似乎真的被格溪所说的内容吸引到了。

"就拿用电这事儿聊，中城区实现辐射覆盖供电是什么时候？大几年了吧？为什么咱们外城区还得靠私接电缆偷电盗电生活？被把控了啊，现在的电力供给是门阀家族掌控的，肯定要抵制这些能源技术下沉啊，但是这些代价都被咱们这些下层人给承担了，为什么古拉格那么乱啊？不就是下层人扛不住了嘛。"

"所以呢？"

李国强续问道。

"你看，上面的人搞联合保证最大化利益，下面的人承担代价，而且这事儿愈演愈烈，您这儿也受影响不是吗？这次那刺儿头铁嘴没跟您打起来，下回指不定就有哪个头铁的跟您碰一下，一次两次没准还行，多了谁受得了啊。"

"格溪，你别他妈扯这用不着的，这跟咱俩要论的道有什么关系吗？"

李国强终于耐不住性子了，破口骂道。

"有啊，刚不是说跟你聊那个技术问题了吗？我身后这个你捡来的姐妹儿，就是个跟咱们割裂级的存在。"

"你他妈说啥呢？"

李国强看了一眼尹兰，依旧没回过味儿来。

"就是，几百年前，白皮人拿着枪炮去屠杀拿着弓箭的原住民的时候是不是碾着打？现在不一样了，咱们跟上面儿的差距比这个还大，弓箭好歹还能射死几个傻×点儿的白皮人，咱们在面对上面的时候，那根本就是手无缚鸡之力。"

格溪当着众人的面儿夸夸其谈道，由于她表现得过于没有紧张感，营造出了一种十分诡异的局面，在场的人都压制着怒火，用略显疑惑的眼神看着她。

"所以古拉格的那批闹事儿的，他才会用减产的形式制衡上面，闹出么蛾子，咱们万兴区一个样，前脚是物价打压通货限制后脚就该是渗透夺饭碗了。"

"你怎么又扯回去了？"

"因为这俩事儿是连在一起的啊李老大，你给我弄个古拉格的凭证，我带着这个上面儿掉下来的姐妹儿就能给日后咱的大隐患找个出路。"

"合着你就是又找我聊了半天你平时就逼逼叨叨的那些阶级啊主义啥的东西，然后想让我放着你给我捅了娄子不管还给你办事儿是吧。"

李国强总结道。

"对，说门阀控电义体卡特尔掌控市场啥的，就是为了这个。"

格溪犹如发现李国强有所顿悟一般，赶紧接话道。

"那你觉得我会吃你这套吗？"

李国强这次真的压不住火了，语气中带有相当浓烈的怒意。

"你要不吃我这套我不是还说了那个什么军用领域降级科技割裂还有白皮人杀原住民的那些话了么？"

面对李国强高涨起的怒火，格溪却毫无紧张感。

"你说那个有啥用？"

"其实是一回事儿，就是如果你不听我门阀控电义体卡特尔掌控市场啥的那套理论的话，我就得用军用领域降级科技割裂还有白皮人杀原住民的那套理论解决问题了。"

格溪双手一开，作出一副无可奈何的样子。

"什么玩意儿？"

"就是说，如果没能劝动你，我就要让我背后的这位姐们儿把你和你的小弟全都揍得不成人形儿逼你帮我搞通行证了。"

格溪的摊牌方式相当随意，犹如直接宣告胜利一般。

"格溪啊，你真是学现代那套东西学废了啊，说了半天不就是咱一句老话能交代的事儿么。"

李国强缓缓地从座位上站了起来。

"你他妈想让我敬酒不吃吃罚酒是吧？"

李国强的怒火终于爆发了出来。

"对，就是这个意思。"

格溪拍了一下手称道。

李国强的会客室虽然空间很大但并不隔音，屋里传来的打斗声没有引起门外人员的太多关注，他们习惯了李老大在会客室内跟人发生争执，要做的不过是等打斗声停止后进去收拾残局罢了。

但这次有所不同的是当他们进屋打算善后时，发现门内横七竖八躺着的全是李国强的手下，而制造这一切的尹兰几乎毫发无损，坐在她身旁桌子上的格溪则表情显得生无可恋，她用一张毛巾擦拭着流着血的鼻孔，发出轻声哀号。

"哎哎哎哎哎哎……怎么可能会伤到我啊……大将军你这个混账！"

"这种擦伤难免的，而且是你自己撞上去的。"

"啊，好烦啊，竟然偏偏是鼻子……明明是我的无敌大胜利结果鼻子被搞得哗啦啦地流血啊！挫爆了！好气人气死我了，都怪你啊臭老李，非要跟我碰这一下干吗？咱们这么多年了应该也算知根知底吧，我有做过什么特别自不量力的鲁莽之举吗？这次我敢来找你就说明我横竖都不怕你啊，现在你看，多尴尬，你也输了，我也没长脸。"

格溪捂着流血的鼻子有一句没一句地对李国强训斥道。

"她……她为什么这么强？"

李国强此时已经丧失了基本的行动能力，用相当不甘的口吻问道。

面对李国强的疑问，格溪从地上拾起了一根不知哪个倒霉蛋儿在混斗中被打掉的机械臂，在李国强的面前晃了晃。

"这玩意儿看到了吗？批号ztl60，民用规格，之所以给你手下的泥腿子们装上是因为它材质够硬，除此之外不能兼容任何对神经元有适配性要求的装备，换句话说，装备和使用义体如果存在最优解，这东西都不在解法之内，充其量算是个工具。

"在这个领域范畴，大家伙儿拼的是对工具的掌控性，也就是说他本质就是个在使用铁胳膊打架的缺胳膊少腿儿的残疾人。但一旦义体规格达到一定程度这个使用工具的残疾人就会与工具融合成一个独立个体，就会存在优解和劣解，哪怕是比较差的解法，只要适配度足够，也能在个体能力的开发度上实现能力跃迁。而她，她是我说的那个最优解中的佼佼者，协调性和反应能力完全就跟其他人不在一个维度，怎么说呢，这就是很简单的登峰造极与够用就行的区别。"

格溪解释完后，将手中的机械臂丢在了地上。

"所以你要带着你登峰造极的妞去解决咱们的大危机？"

"对，当然，呃……你是指什么大危机？"

格溪如梦初醒般地反问道。

"就是你说的那个什么科技割裂之类的。"

"科技割裂那套话术是想向你形容我揍你多容易，你是想说卡特尔？"

"对，卡特尔。"

"卡特尔引发的制度危机而导致咱们活得越来越差。"

"对，就是这个，你要去古拉格帮咱们解决这个事儿？"

"啊，对，应该就是这样。"

"所以你说的那个危机什么时候会到来？"

"那玩意儿一直都在，随时会爆，我之所以去搞这些事情其实也没想着有什么远大目标或者解决什么，我只是……我也不知道，可能就是想抓住机会试着往上爬吧，总之你能为我的朋友搞到古拉格的凭证对吧？"

满口充斥着不确定性的格溪向李国强抛出了她极具确定性的问题。

"没问题妹子，我当然也只能支持你这么做了。"

基于当前的形势，李国强似乎也没有什么其他余地。

"很好，李老大，你知道我为什么喜欢你吗？就是因为你虽然有点倔，但本质上还是识时务的。接下来我要你告诉我你回收尹兰的渠道以及相关信息。再就是我需要你给我弄点儿治疗外伤的药剂来处理一下我的鼻子。"

格溪指了指自己鼻梁上的伤口说道。

"妹子，那只是擦伤，流一会儿自己就不流了。"

"很好，收回前言，我开始不喜欢你了。"

将所需事务处理完成，格溪与尹兰离开了鸿昌赌坊。这次行动本该让格溪神清气爽，但脸上挂彩的这个小插曲让她的体验降低了不少，在与李国强争论许久后，权宜之下李国强为格溪找到了一个适用于她危机伤情的治疗措施，一张卡通迷你创可贴。

"你鼻梁上贴的这个还挺可爱的……但是为什么会这样……"

尹兰看着一脸不爽的格溪，调侃地评价道。

"我也不知道那白痴怎么想的，竟然拿个创可贴敷衍我，好歹也要弄点儿治愈凝胶之类的吧？"

格溪的鼻尖红红的，卡通创可贴粘在她的鼻梁位置，跟她的气质相当搭调。

"我是说，他看起来挺粗犷的，竟然能给你找到卡通图案的创可贴。"

"总之该做的都做完了，回家休整一番就可以去古拉格了。"

"你跟那个李国强说的，化解危机之类的，是认真的吗？"

"唔，你知道大乐透么？就是那种有千万分亿万分之一中大奖的赌博项目。"

"听起来是你绝不会参与的活动项目。"

"对，因为这些大乐透不存在什么主观能动性，参与者只需要交钱然后祈求自己能够受到命运的垂青就行了，真他妈侮辱人，况且这个东西在本身够蠢的情况下还有着各式各样的内幕操作和腐败，傻×才会买。"

格溪激动发言之余伤口又裂开了一点，她摸了摸自己的鼻子，擦掉了一抹血。

"从概率上来讲，我能带着你有效地做出一些具备积极收益成果事情的概率就跟买大乐透中奖差不多，但你知道区别在于什么吗？

"这个微乎其微的资格，只有我有。"

第五章

彩虹与灰

尹兰如往常一样站立在窗前凝望外面的景色，接下来她将与格溪动身前往古拉格，按照目前掌握的情报来看，自己就是在那个地方被杀害的。关于对身世种种未知的探索并没有让尹兰抱有任何向往，她对现在的状况相当满足，而这种满足感使她隐约能够意识到自己之前的所处状态是怎样一个境地，但她并不想多花精力去思考这些。

"你好像很喜欢在这儿站着啊。"

格溪靠了过来，在尹兰身旁的桌子上找了一个相当合适的位置坐下。

"那边那个是净水厂，整个外城区就只有两个，万兴一个，古拉格一个，南岸区想要用净水还得依靠万兴供给。"

格溪指着窗外远处的一个建筑说道。

"然而内城区一个净水厂也没有，人家早在几年前就利用新技术实现外循环供给了，跟这里不同，内城区的那些有钱人就连洗个衣服擦个地板都要用净水，你知道更过分的是什么吗？他们的衣服和地板要他妈天天洗天天擦。"

格溪又顺势开启了她的惯有言论。

"我猜猜看，之所以外城区还要依靠这种净水厂是因为有门阀势力把控干涉对吧？"

"对，就是这样，老生常谈了不是吗？"

格溪打开一罐果酱，舔了一下瓶盖。

"你为什么会了解这些？我以为你只是个义体医生。"

"我可是跟黑帮合作的义体医生，当年万兴区管控不那么严的时候我甚至能靠关系得到二代网络的部分访问权，而且我玩超感，游戏里也能认识各式各样的朋友，他们可以帮我博学见闻，但想要改善自己的处境就是另一回事儿了。"

将一大口果酱含入口中，格溪回应道。

"你作为一个义体医生不是应该收入还行吗？"

"啊，确实还行，但这个收入也只能让我不背太多贷款过稍微散漫点儿的生活，这儿可是泽都，无孔不入的消费诱惑会榨干你的每一份收入，除非我是有点儿圣性的什么东西，否则以我来讲不可能攒得下一分钱。"

格溪在诉说这些情况时完全把自己放在了一个理所应当的位置，似乎消费自制这个词汇就不该跟她有关系一样。

"我猜你把你大部分的投入都用来玩超感了对吗？"

"那是目前性价比最高的让你感觉自己所处的世界不那么糟糕的逃避方式。自从游戏开发交给意识体们执行之后体验真的相当好。没有自以为是不知所云的游戏剧情，没有为了做而做的破系统，意识体总能在诱惑消费和玩家情绪之间维持一个恰到好处的制衡，用以衬托出当年那些所谓的游戏策划是多么的智障。"

格溪对于自己感兴趣的领域显得更加健谈，十分认真地发表着自己的见解。

"听起来你对意识体的看法还蛮正面的。"

"岂止正面，我觉得他们只应用于文娱和科研领域完全就是浪费。虽说把这些个不知疲倦且效率极高的家伙投入其他领域会对行业生态造成一定动荡吧，但这种鲶鱼效应不也挺好的么，至少总算让人意识到之前那些搞文娱创作的畜生们是多么傻了。之前要是有人抱怨那些创作者们做的活儿垃圾，他们还会用商业化需要一些不能逻辑自洽且具备娱乐性质的元素用于取悦观众这种屁话来为自己辩护，而当意识体们做出了既有娱乐性又不失内在价值的作品后，他们的遮羞布就彻底被扒掉了。真是要多爽有多爽，这些混蛋老是嘴硬，大部分时间一句我不能就能解决的事儿，他们老想说成我不想。"

格溪针对这个话题再次展开了滔滔不绝的发言。

"那边那个红色灯光的建筑是什么？"

尹兰打断了格溪的长篇大论，对其问道。

"老式电影院，就是那种用一个大屏幕为一群人播放电影的场所。"

"一群人聚在一起看同一部电影？"

"对，类似于某种仪式。而且还要忍受与你一起看电影的人咀嚼零食、大喊大叫、磕磕碰碰与动辄就在黑暗中弄出点儿光亮刺伤你眼睛的行为。"

就在格溪抱怨的时候尹兰的双眼一直注视着那家电影院。

"你该不会想去试试吧？"

格溪用质疑式的语气对尹兰问道。

"可以吗？"

尹兰在格溪面前并没有掩饰自己情绪的本能，表现出了明显的期待。

"考虑到过一会儿咱们就要去古拉格了，所以答案应该是不行，但既然你都提出来了，那就抓紧时间吧。"

格溪完全舍不得在当下这种情况否决，顺滑地答应下来。

"好耶。"

尹兰轻声欢呼。

"事先声明除非是那种超怀旧的经典电影，否则我绝对不看活人参与剧本创作的垃圾，倒不是说意识体写的剧本有多好，具体原因我刚跟你讲过了。"

格溪急忙追加了她的需求，但这全然没有影响尹兰的兴致。两人稍作整顿，迈出了家门。

作为临行前的小活动，格溪带着尹兰来到了电影院。在万兴区即便是凌晨街上依旧有着各式各样的行人，格溪在街边为尹兰买了份油炸小吃，两人在电影院中看完一部名为《蓦然回首》的电影，心满意足地走出了放映厅。

"你该感到庆幸，自己目前的意识中的第一次观影看的是藤本的作品。"

"确实很好看，我到现在都还没能从剧情中抽离回来。"

尹兰看起来对这次活动相当满意，显得意犹未尽。

"虽说如此，要是前面的那个蠢货吃零食时发出的声音能小一点就更好不过了。"

"你为什么不把主控芯片的音频切到影片放映的频道里，那样就能屏蔽外界的声音了。"

"因为这是在电影院观影啊，气氛超级重要的好吗？不然跟在家里面看电影有什么区别。《蓦然回首》这部片我看过几十遍了，但在电影院里看还是第一次。"

"所以你为什么会一部电影看几十遍？"

"因为电影就是这样一个东西，好的电影能让我反复地看几十遍依旧精彩，而大部分电影真的是让我多看一秒都觉得恶心。所以真该感谢意识体，他们虽然写不出像《蓦然回首》这种神作，但起码不至于把东西搞得无法入眼。"

虽然格溪一如既往地骂骂咧咧，但能够看得出她现在心情很好，就连走路的姿势都一蹦一跳的，尽显欢悦。

"你看起来心情不错。"

"对，可能是因为刚刚我第一次体验到了跟人一起去电影院看电影的感觉。"

"我还以为你之前去过电影院。"

"去过一次，选了最后排角落的位置，撞见了有史以来最烂的一部片，搞得我埋下了深深的阴影。不过好在这次和你一起很开心，算是多少缓解了我的恶疾。"

"如果你想的话，我可以经常陪你来看电影。"

尹兰望着格溪的眼睛，温柔地说道。

"听起来不错，那你会帮我揍那些在电影院乱开灯光跟大声喧哗的蠢货么？"

格溪故作一副受宠若惊的表情，随后对尹兰打趣道。

"这个要视情况而定。"

尹兰稍微屈下上身，面部尽可能靠向格溪更近的距离说道。

"你好像很喜欢在对我百依百顺的前提下加一些模棱两可的小说辞。"

面对尹兰的靠近，格溪施以回应，将自己的脸庞贴向尹兰。

"为了不让你太过得意忘形。"

尹兰话罢，挺回了自己的腰身。

"很好，我的大将军，你知道吗？一直以来我都认为这儿是个喧嚣吵闹的烂地方，宁肯在超感卧榻上躺到生褥疮都不想醒来面对我的工作和这里一切，但有你在的情况下，尤其是这几天，我甚至都不太提得起劲儿回到我的超感游戏世界里去。"

"现实世界没那么烂吧，你看这五彩缤纷的景色不是蛮好看的么。"

"唔，这些光污染对我而言从来都是灰色的，色彩本身就是个视觉概念，真正让这个世界有颜色的因素还是在于人，还有就是你对我刚刚的表态做出的反应太过冷漠了。你知道我为了你这点儿破事儿舍弃了多少乐趣么？接下来的大版本更新和游戏内的日常任务都别想做了，对此你最好再感激我一些。"

似乎对尹兰再次与自己拉开距离的行为格溪显得有些失落。

"你脖子上戴的这条项链有什么特殊意义么?"

尹兰将注意力放在了她胸前的项链上。

"没什么特殊意义,就是一个装饰。"

"摘下来给我看看。"

尹兰再次靠近格溪相当近的距离说道。

"哇哦,这让我想起来某次在街头被人打劫的经历,唯一的区别就是那次我的心脏可能不像现在这样跳得快。"

格溪的脸上染出几抹红晕,将项链摘下递给了尹兰。

"这个图案是什么? 一只长着电锯鼻子的小狗吗?"

"对,又酷又可爱不是吗。"

"确实,这款项链还买得到么?"

"当然,你喜欢的话我随时可以给你买一条,在打印店随时可以定制或买到这东西。"

得到了格溪的肯定,尹兰用手指将项链的卡通挂坠捻成了一团,在格溪稍显困惑的注视下把这一团金属捏成了一个精巧的蝴蝶样式。

"这下应该不是随时能买到或定制到的了。"

"很好,我的电锯狗被你捏成了一坨钻石,然后又捏成了一个小蝴蝶。"

"你刚刚不是让我多感激你一些么，作为带我看电影的报答，这个小蝴蝶当作一次无条件听你话的凭证，你可别弄丢了。"

尹兰将项链重新挂回格溪的身上嘱咐道。

"我接下来要抓紧时间回去睡会儿觉，毕竟咱们还得去古拉格不是么？"

面对尹兰的好意，格溪有些张皇失措，催促着尹兰赶快回家。

"你好像突然很着急。"

"我想趁着现在这股劲儿赶紧进入睡眠，尽可能地延续收到礼物的幸福感不行么？"

第六章

钟 摆

格溪并不是第一次来到古拉格，在北地辛迪加掌权之前她曾带着李国强来这里聊过一些义体生意。坦白来说格溪不太喜欢跟这里的人打交道，但客观来看格溪似乎不喜欢跟任何人打交道，所以在这一层面来讲古拉格的特殊性就这么被淡化了。

"这位小姐以及……这位大姐头，欢迎来到古拉格。我猜你们一定是来观光的吧，要不要来一本古拉格手册，要知道这地方可没在主控芯片里植入什么全息影像导游，想要了解一些本地的风土人情还得靠我们自制的小册子。"

一个古拉格本地的小男孩热情地向二人招呼道。

而就在格溪与小男孩四目相对的同时，双方似乎都意识到了什么，气氛一下就变得紧张起来。

"大将军，给我抓住这小子。"

格溪没好气地对尹兰下令道。

"什么？"

犹如听错话一般，尹兰诧异地看着格溪，眼前的小男孩拔腿就跑，尹兰见状一把将他抓在原地。

"你这小崽子上次利用我的同情心卖给我了一本册子，结果里面的内容是骂我的。"

格溪大声地抱怨道，毫无被小孩戏弄而产生的羞耻感。

"你自己活该！"

小男孩虽然已经被尹兰拎了起来，但底气却很足，在半空中对格溪谩骂。

"听着臭小子，你想要让外地人了解你们古拉格淳朴的民风我本身没什么意见，单纯地卖假册子就好了，非要附带上几句谩骂的文字真的很让人窝火，除非你们是想要故意找茬捅娄子，否则这么做除了能满足你这臭小鬼的恶趣味以外只会增加被报复的风险。"

由于小男孩被尹兰拎得太高，格溪在训斥对方时甚至要抬起头来，在反复对尹兰施展眼色无果后，格溪半踮起脚对着男孩儿进行一通口头教育。

"哟哟哟，又有讨人厌的外地人到这儿欺负小孩儿了啊。"

如同事先安排好一般，周围突然围过来了数个古拉格本地的帮派成员，格溪和尹兰也立刻理解了这个小男孩始终面无惧色的原因。

　　"我错怪你了，本来以为写点侮辱性的词汇是出于恶趣味，没想到还有后续套路。"

　　面对气势汹汹围过来的帮派成员，格溪摇头轻叹，示意尹兰放下男孩。

　　"一直以来我受你们这种人给我带来的委屈时，都会暗暗地劝慰自己，说你们这些混蛋早晚会遇到厉害的人给你们点儿教训的，知道这件事儿的最爽点在哪吗？我现在就是那种人。"

　　吸取了之前被撞破鼻子的教训，格溪豪言壮语演讲完毕立刻躲到了尹兰身后。

　　"嘿，大将军，虽说如此你动手时还是要悠着点儿，咱们是来这儿办事儿的，不能太过嚣张。"

　　格溪低声对尹兰嘱咐道。

　　相比于之前李国强的打手，眼前这几个寻衅滋事的古拉格小混混档次还要低上一级，考虑到格溪的嘱咐，尹兰将冲在最前方的对手缴械并当着众人的面捏爆了那把刃型兵器。

　　证明了相当悬殊的实力差距后尹兰本以为这些流氓会作罢，但对方却犹如发现了稀有猎物般开始展开了包围阵势。

"他们应该是已经在通知伙伴了，既然震慑不住就得撤，我可不想在别人的地盘挑拨这么大的事儿。"

跟刚刚豪言壮语时的立场判若两人，格溪决定立刻撤退。

得益于格溪相当迅速的决策，尹兰抱起格溪对着包围最稀疏的方向一记扫腿崩开了敌人，以算不上优雅的姿态逃离了现场。

"哇，本地的黑帮这么野，完全吓不到他们啊。"

一路被尹兰抱着逃出来的格溪显得有点狼狈，悻悻地叹道。

"那些人是桑顿帮的人，你选择逃跑是相当正确的决定。"

这时从一旁的角落中走出一个中年男性，他的义体程度不算高，穿着干练得体。

"唔，刘，所以你是目睹了全程然后跟过来的？"

格溪看到了熟人，显得稍微安心了一些。

"差点跟丢了，那群流氓是没真心追，你的这个好伙伴倒是真心跑，亏了我对这片儿比较熟。"

"李老大跟你交代具体情况了吗？"

"也不用怎么交代，这姑娘就是我负责运到万兴的，倒是没想到你能给修成现在这样。"

被称作刘的男人上下打量着尹兰说道。

"那就省了不少事儿，这次我们……"

没等格溪把话讲完，刘打断了她。

"就别在这儿聊了，到据点慢慢说吧。"

格溪与尹兰一路跟随刘来到了据点。这里显然是基于某个被废弃的工厂改建而成，大量的废料在厂房中心被分类处理。在后方的仓库，几个亚裔面孔的工人正忙着清点搬运货物，最尽头，一个表情冷峻的男性与他的手下坐在据点后方商讨事情。

"那边坐着的紫头发男人是我们现在的头儿，宋俊灿，听说过么？"

刘对格溪介绍道。

"没，上次来的时候管事儿的不是他，是个留胡子家伙，叫什么来着……"

"你说的是梁虎，他被宋俊灿杀了。"

刘本想多说几句，但考虑了一下，选择了闭嘴。

由于尹兰的身形相当显眼，宋俊灿很快便注意到了格溪等人的到来，他让手下离开，对刘使了个眼色示意他带人过来。

"你，义体医生，没出息，爱耍嘴皮子，就知道躺在家里玩超感游戏。"

"你，我的货，被叛徒卖到李国强那里，修好，很强。"

"你，叛徒，背着我搞小买卖，捅娄子。"

宋俊灿的通用语不算流利，磕磕绊绊地对三人评价道。

"如果这情报是你自己收集就算了，但要是李国强给你的，我好歹回去要跟他盘一下道。"

格溪对宋俊灿的开场白相当抵触。

"古拉格，混乱，飓风女王，筹划，未知，但，那与我无关，废品回收，我要通吃，桑顿帮，抢我的生意，无暇，帮你们。"

宋俊灿的态度算不上友好，开门见山地表达了自己爱莫能助的立场。

"是你的主控芯片的语言插件出了什么问题还是说你本身讲话的方式就是这个样？"

就在格溪调侃般地发问的同时，宋俊灿将手中的枪抽出对准了格溪的眉心。

"问得好，答案，你猜。"

面对宋俊灿带有攻击性的举动，格溪示意尹兰不要轻举妄动，接着轻叹了一口气，向前两步将她的脑门抵到了宋俊灿的枪口上。

"我猜，你是想让我们帮你摆平跟你抢破烂买卖的本地帮派，然后才肯给我们想要的对吧？"

格溪顶着宋俊灿的枪口问道。

"答案，正确。"

收回了抵在格溪脑门上的枪口，宋俊灿微笑道。

"我姑且当作咱们构架了一个临时性的合作关系，接下来我想知道你有什么能给我们的，以及我怎么知道在帮你搞定委托之后确保能收获我想要的？"

"这个，大个子，我知道，谁杀了她，为什么杀她。"

宋俊灿指着尹兰说道。

"哇哦，竟然是个直球。"

由于宋俊灿给出的条件与格溪的需求正好吻合，搞得格溪有点措手不及。

"桑顿帮，首领，德曼帕克，干掉他，达成交易。"

以极快的速度达成了共识后离开了宋俊灿的据点，刘带着格溪与尹兰前往为她俩安排的住所，其间自然少不了格溪的碎碎念。

"很好，为了从那个话都说不利索的哥们儿嘴里套点儿情报，咱们就得去弄死一个本地帮派的老大，你知道按量级来算四舍五入就等同于咱们要弄死一个古拉格版的李国强么？"

"不管怎么说，我得感谢你们，虽然当初让我处理掉你朋友尸体的人也是宋俊灿，但老大的决策的错误总是要小弟背锅，你们要是能解决掉我们的问题，那就太好不过了。"

刘对格溪的态度相当好，并没有试图遮掩自己有求于人的客观事实。

"话说我不过是几年没来，古拉格怎么变成这个鸟样了，感觉街上不是那种少了一些或是几个人，而是几乎没有了，刚刚在接引区还不太明显，但现在这条街就跟个废墟一样。"

格溪看着周围的街区感叹道。

"非要论问题所在，那就是古拉格在北地辛迪加掌权后一直在进行清洗行动，数以万计的人都死于飓风女王之手，更多的人则是被囚禁在了监狱，而且飓风女王停止了大部分贸易渠道，这也让其他区来古拉格的人数骤减，咱们现在要去的安置所其实就是一个废弃宿舍。"

刘对格溪解释道。

"很好，那些财阀门阀喜欢玩考迪罗式的养蛊管理，现在养出了一个硬茬是吧。"

格溪的语气有些幸灾乐祸，但表情却没那么轻松。

"岂止是硬茬，本地人已经到了提起飓风女王就能吓得失魂落魄的地步了，好在她的肃反活动基本都是对内不对外，但这也让北地辛迪加多了很多神秘色彩，反正就我目前能够了解到的一些见闻，就已经够猎奇的了。"

刘给人的感觉很谨慎，这也使得他的形容更加具备分量。

"说说看啊。"

格溪对此表现出了相当大的兴趣。

"也没什么，就是哪怕换在咱们那边冲突最激烈的那个时期，名义上的说法还是有的，除非是打起来，不然单方面的抓捕处决之类的，好歹也要走个审判流程，但北地辛迪加的那群人连这个都没有，他们在厕所抓到人就把人淹死在厕所里，在厂房抓到人就把人扔进机器里搅碎。"

刘在叙述这些事情时语气十分认真，显出对这些事件的真实性深信不疑。

"听起来确实挺恐怖的，既然如此我有一个问题，按理说人口减员厂房废弃停产那废品废料回收的生意为什么没停摆，你们反而还因为这个打得你死我活？"

格溪似乎找到了疑点，对刘直言问道。

"废料的产出全在北地辛迪加手里把控，管事儿的是飓风女王的手下，因为个人的交情，我们在他的支持下跟本地人竞争废品买卖，但你想光靠我就把脉络厘清楚还是别惦记了。"

刘并没有含糊其词，但确实也不足以把格溪提出的问题解释清楚。

"也没那么难厘清不是吗？那个飓风女王依靠干掉内部反对者以跟上层公司形成的联盟斗争取得利益，你们的宋俊灿老大以求想要弄死对立帮派的头目独占废品回收生意取得利益，而我们则试着想要通过执行一些主观能动行为来推进这些局面的发展，大家的目的不都挺明确的嘛。"

"明面来讲，确实如此。"

刘没有发表其他评价。

格溪与尹兰到达了临时住所，如刘所说，这里显然是基于某个废弃宿舍改建而成的，对于尹兰的身形来讲显得有些狭小，但好在基础设施完备，只不过大部分设施依旧是需要计费服务的植入性商品。

"很好，你们在你们的隐秘据点放入了计费式植入设施。"

格溪对刘唏嘘道。

"这东西本身又不要钱，同样功能的玩意儿在古拉格买都买不到，看看现在的大环境，凑合用吧。"

刘走后，格溪研究着售卖柜里的商品，脸上的表情越来越不自然。

"靠，这儿的货在万兴区的售价至少两倍多，搞得我有种一直以来都在当冤大头的感觉。"

"我要喝这个。"

尹兰看中了一款包装十分可爱的饮品指名道。

"喝不了，咱俩不是本地户籍，没有办法使用这购物柜。"

"为什么？"

"可能是怕有人倒卖购物柜里的货品赚差价吧，很多东西就算对于是本地人来说也是限购的。"

格溪鼓捣着购物柜，遗憾地回答。

"有必要用这么多层保险来限制货品售卖么？"

尹兰不解地问道。

"我不知道。可能定价的这一环是货品柜的供应商在做，限购和区域认证则是商品方和渠道商做的，每个环节的盈利方都要用自己的方式保证自己的利益，反正这些零售商品等到消费者拿到手里时，至少已经被叠过小十次价格了。我只是想喝一杯纯靠味素调制不含果汁的果汁，却要给那么多层环的消费环节付费而不是商品本身，这就是他妈的市场经济，但最恶心人的是由于没有本地户籍我甚至连当冤大头的资格都没有。"

格溪将脚搭在购物柜上，悻悻地抱怨道。

"把这个购物柜破坏掉不行吗？"

尹兰被格溪的话搞得也对眼前的购物柜产生了负面的情绪。

"起初那些生产商为了防有你这种想法的人会把这种购物柜做得特别坚固，但效果甚微。后来他们学聪明了，只要有人企图破坏或是破译购物柜就会触动销毁系统。

考虑到这儿是古拉格，我劝你还是安分一点儿，我可不想为了喝个饮料把咱们的安身所炸飞。"

"那怎么办？"

"至少淋浴设备之类的不至于查你户口，凑合一宿吧，明天咱们还得跟刘商议如何去弄死本地破烂黑帮的老大呢。"

格溪悻悻道。

"关于这件事你有什么想法？"

"疑点太多了，我也不太喜欢那个宋俊灿，不过我好像可以断定那小子灾变前应该是木槿旗政体籍的人，不知道我的高句笑话会不会惹他生气。"

格溪悠然地调侃道，显然她对调侃特定政体民族这一点上有着十足的恶趣味。

"所以你说的疑点是指什么？"

"最大的问题还是古拉格这鬼地方的状况，前因后果完全没有头绪，当然如果不去想那么多，只把问题放到为了目的杀死某个倒霉鬼的范畴，那反倒变得简单了。我从来都不是那种人命论的支持者，在我看来到处抢劫勒索的黑帮头子的命就是一文不值，杀掉他换取一些情报是完全可以接受的。"

格溪的脚不停地交换着位置，显得有些坐立难安。

"你看起来很焦虑。"

"是的，因为一直以来我都是以知进退明得失作为生存法则，而现在我都不知道自己在做什么。这根本不是我擅不擅长的领域的问题，我擅长的是量力而行和贵有自知之明，但你的出现让我之前的一些经验变得不好用了。这几天我经常在思考像你这样的存在有几个？会不会跟你一样适应性超强的义体人有很多而你只是其中一个，又或者是你就像我心中设想的那样独一无二。"

格溪丝毫没有掩盖自己焦虑的意思，将内心的担忧一口气吐露了出来。

"我听懂了。"

"听懂什么了？"

"你不太擅长应对压力。"

"你听了半天就听懂了个这？"

"对。"

"没有别的了？"

"我觉得你这一点还挺可爱的。"

"哦，是吗？"

快节奏的对话突然中断，格溪僵了一下，显得有些羞涩，脸上也多了一抹红晕。

"你无话不说，善于表达和沟通，而且懂得东西很多也很有趣。我跟着你的主要原因是觉得和你在一起让我感觉很喜悦，而不是需要你为我找回我的记忆或是什么，希望你不要有太大的压力。"

尹兰意识到自己的赞美有效，乘胜追击夸奖安慰格溪。

"好吧，那让我们来放松一下聊点别的，说说你吧，你是怎么当上超级义体人的？"

"……"

面对格溪的提问，尹兰无言以对。

"哈哈哈哈，抱歉，这个玩笑确实有点冒犯。但话说回来咱俩好像确实没有过交心的时间，毕竟之前我都是在卧榻上玩超感，像这样能静静地聊一会儿天的情况还是头一回。"

"那就说说你吧，我还挺感兴趣的。"

尹兰坐到了床头，为格溪留出了一个从空间来讲刚刚好的位置。

"我？其实没什么可说的，就跟大部分灾变孤儿一样，我小时候是泽都救济中心长大的，只不过管理那的不是政体而是黑帮。虽然本质上有裹挟儿童争取更多权益和金钱的动机成分，但我那时吃的用的都是免费的，最棒的是连知识也是免费的。我很喜欢读书，有不少和我一样出身的兄弟姐妹，总之一切都还挺好的。硬要说没有什么的话就是没有姓氏，跟你的尹姓不同，我只有名字，就叫格溪。"

格溪自然而然地爬上床，依在了尹兰为自己预留的位置讲述自己的身世。

"随着我们的成长，东西开始变得不再免费，摆在我面前的有两条路，要么截掉胳膊腿换成义体成为打手，要么利用知识学习技术成为机师帮人装胳膊腿。我之所以选择成为后者的原因很简单，单纯的是因为我怕疼不想截肢，而机师对于双手操作的精细度要求很高，可以得到羲和供给来保证自己不被截肢。"

格溪看着自己的双手说道。

"接着我曾经的那些兄弟姐妹们有的因为帮派斗争战死，有的因为街头斗殴被打死，有的因为赛博失心疯被猎杀。而我活了下来，利用自己掌握的知识学习了更多的知识成为一个义体医生。然后再次跟黑帮建立起了更高级一点儿的合作，再之后就是沉溺于超感中的虚拟世界和遇到了你。"

"我还以为你会特意交代一下为什么你那么擅长沟通。"

尹兰轻摸了一下格溪的头。

"可能是因为从小在黑帮长大，让我见识到了太多因沟通不充分造成了误会从而酿成血光之灾的案例了吧，所以我很早就认清了一个原则，那就是勤沟通多交流尽可能地展现诚意让对方有的选。虽然不少人觉得这是一种示弱且丢失主动性的行为，但我深知自己本身就很弱，所以也就无所谓了。"

"格溪。"

尹兰轻轻地叫了一声格溪的名字。

"怎么了？"

格溪的回应迅速且充满了一种期待感。

"如果你不想在这儿继续下去的话，我们可以回去万兴，玩玩超感，去酒吧欺负一下坏人，去电影院看看电影，或者就是纯粹无所事事地欣赏一下夜景。"

尹兰的提议十分正式，她的每一个用词似乎都是经过在脑中无数次演练后才讲出来的，吐露着对她描述的内容的无限向往。

"听起来可真棒，但既然都来了，最起码查出来是谁杀了你我才会罢休。"

"你有没有想过在这背后隐藏的会是那种有些黑暗残酷的东西？"

尹兰转而问道。

"我当然预想过，想过无数遍，但躺平等死不意味着什么都不去思考，况且我现在可不是躺平等死，从把你救了的那一刻我就是在找死了，如果现在回去，那就是躺平找死。"

格溪在表明自己决心的同时将手放在了尹兰的手上，

就好像正是因为有了尹兰，她才有勇气面对一切。

"总之明天还有一堆烂事儿要做，我得先睡了。至于你，不管你需不需要睡，我的建议是最好睡一会儿。"

短暂的平静过后，格溪说道。

"好吧，至少这儿的床看起来不是那么糟，应该不至于太挤。"

尹兰似乎还有话要说，但斟酌片刻后，她将话题引向了两人所在的床。

"关于这个问题，其实我有个能够让你的床更挤一点儿的小窍门，不知道你愿不愿意试一下。"

"十分乐意。"

第七章

静 谧

"你们昨天有人没睡?"

一大早来到据点的刘对格溪问道。

"什么意思?"

格溪一副听不懂的样子回敬道。

"我看床铺只有一个动过。"

刘进一步对格溪解释道。

"你最好把你的关注点关注到一些更有用的地方。"

格溪尽可能表现出了不以为然的样子警告道。

"这就是有用的地方,鬼知道你们会不会半夜跑出去捅娄子。"

"这个话题我不想过多讨论,总之现在大家伙儿状态都不错,聊聊正事儿吧。"

最终格溪还是选择了用岔开话题的方式避免大家陷入不必要的尴尬。

"也没什么好聊的，本来古拉格的生活废品回收归我们，工业废品回收他们自理，大家相安无事，但在北地辛迪加掌权后他们的体系有所变化，大量不守规矩的家伙老想着僭越我们的买卖，矛盾越来越深冲突越来越大，然后就变成了现在你死我活的局面。"

刘为格溪总结当前的情况。

"那些不守规矩的家伙指的就是桑顿帮是吧？"

相较而言，格溪的注意力似乎更侧重在满是褶皱的床铺，心不在焉地问道。

"桑顿帮其实更像是古拉格流氓的总称，这群人本质上没有实际头目，但有个叫德曼帕克的人逐渐领导起了这群流氓，也就是咱们要杀的那位。"

"你们的那个宋俊灿老大不也是杀人上位的嘛，大家都是有野心的想要搞点儿事儿的人，就不能坐下来谈谈什么的，非要搞得兵戎相见么。"

"又或许正是因为他们都有野心所以才深知必须除掉对方。"

刘正色道。

"好吧，关于生意这边儿有什么能细说的吗？"

格溪理了理思路，提出下一个问题。

"虽然都是回收生意，但我们跟他们的分支有所不同，总的来讲就是他们更偏重于将工业废料提纯成毒品和爆炸物，而我们则会借助回收生意跟其他区做一些走私贸易。"

"听起来确实挺井水不犯河水的，但好像有点怪，他们有自己的渠道向外输送毒品和爆炸物吗？"

格溪感觉这里的疑点遍布，其中一定存在一些关联。

"这我就不知道了，之前可能有，但现在古拉格限制了很多对其他区的贸易。"

"有没有一种可能是原本他们依赖的走私渠道因为北地辛迪加的政策缩紧而废掉了，逼不得已想要吃掉你们的生意用作补充呢？"

格溪顺势提出了一个假设。

"我不能肯定，但按照你所说的这个假设来看，倒是能很好地解释为什么双方都要如此寸步不让了。"

刘对此表示了相当程度的认同。

"聊聊那个飓风女王，除了残暴嗜血之外她还有什么特殊性么，我是说，古拉格的残暴嗜血的疯子多到不计其数，这个飓风女王能上位一定有其他的过人之处吧？"

"这你算是问错人了，经历了那么多内部清洗，能把飓风女王具体情况说出个因为所以的人少之又少，大家都只是知道她做了什么以及产生的效应，很难再详细了。"

对于飓风女王的话题，刘的回答并不像刚刚那两个问题一样全面，甚至若有若无地表现出了他不太喜欢提起那个名字。

"确实，我之所以知道她好像也是因为她的计划经济以及对抗义体公司的行为，对她本人倒是没什么见闻，唯一的厕所淹死反对者的段子还是从你这儿得知的。总之她所在的那个层级还不至于对你们的生意有什么直接影响对吗？"

无法与刘对于飓风女王的恐惧感同身受，格溪毫无避讳地继续追问。

"是的，但如果往下一层推的话，一个叫摩伦哈迪尔的头目跟桑顿帮有着一定关系，但这层依靠物质供给的关系并不唯一，我们也在为他上税。"

刘在描述这个摩伦哈迪尔时，表情显露出了明显的厌恶与畏惧。

"好的，我大概明白了，就是这个破地方经过内部大肃反后出现新的势力划分，而一个叫摩伦哈迪尔的上位者给桑顿帮的老大德曼帕克还有你的老大宋俊灿一人拴了一根狗链儿想要让其相互制约，而无论是德曼帕克还是宋俊灿都深知自己动摇不了那个哈迪尔的统治，所以只能从对方的生意上下手扩张自己。"

格溪对基本盘有了大概的了解，归纳总结道。

"顺序上有所出入，但大概其就是这么个事儿吧。如你所说，摩伦哈迪尔绝对算得上是古拉格的狠角色，以我们来说根本无法撼动。"

刘强调道。

"就结果而言，无论事态怎么发展似乎哈迪尔都是得利方啊，你们之间的冲突会不会也是受他的催化愈演愈烈的？"

格溪进一步分析道。

"不知道，你为什么能提出那么多假设？"

"大概是因为我超感游戏玩多了所以养成了这种喜欢假设的思维？你知道吗，在万兴，人们好歹没有养成动辄就要灭掉对方虎口夺食的习惯，大家还在尽可能地保持着自己能活也让别人活的状态。到了这儿，感觉空气中不是铁锈味儿就是血腥味儿，真他妈刺激。"

格溪的语气像是乐在其中，也像是在对古拉格的局面极尽嘲讽。

"我有个问题要问。"

刘从一开始似乎就有话想说，在为格溪解答了诸多问题后，他抛出了自己的疑问。

"你说。"

"你的这个朋友，真的有那么强吗？怎么利用她杀掉德曼帕克?"

刘稍显忌惮地看了尹兰一眼问道。

"方法有很多,但贸然采取行动会产生许多不可控的衍生问题,所以我在跟你沟通着来。"

"我知道她很强,但你的形容让我无法确信也建立不起来什么概念,况且你要知道,我第一次见她的时间要比你早,当时她可是已经被干掉了。"

刘表达了自己的担忧,很显然格溪吊儿郎当的态度没能让他彻底放心。

"不好意思,无意冒犯。"

刘话罢,特意对尹兰进行了道歉。

"在我的认知里我的大将军就算径直冲进桑顿帮在众目睽睽下拧掉那个德曼帕克的脑袋也不是不可以,但总得低调一点对吧,就像我说的……"

对于刘的疑问,格溪再次给出的答案依旧并不算明确,而是展开了调侃。

"呃,格溪,我有一个小问题。"

尹兰打断了格溪即将展开的碎碎念。

"怎么了,亲爱的?"

"你有没有考虑过,让我潜行到桑顿帮内部找找机会之类的?"

尹兰的提议很谨慎。

"当然有过，要知道没人比我更了解你了，所有的可能性我都考虑过……呃，等等，你说潜入？"

格溪对着头部都快要顶到天花板的尹兰问道。

"潜入。"

尹兰确认道。

"哦，不得不说我陷入了一个误区，匿行这个技巧好像跟体型存在一定关系，但好像又不是绝对性的关系，我之前被你给迷惑了。"

格溪犹如醍醐灌顶，抬头叹道。

"我一点没有感到被冒犯。"

尹兰无奈地回应。

"刘，按理说之前咱们去的那个你们据点的安保还算到位吧？"

格溪提起了刘所属位于古拉格内部的兴联帮据点，也就是被宋俊灿管理的那个地盘。

"当然算，你们想做什么？"

刘有种不好的预感，谨慎回应。

"大将军，你去试试把那个宋俊灿昨天用来指我脑门的枪顺过来，我和刘在这儿等你。"

格溪对尹兰下令道。

"等等。"

刘本能地阻止道，显得有些茫然。

"什么等等？"

"为什么要做这种事儿？"

"验证我的大将军的潜行能力啊。"

格溪回答时的态度显得无比地理所应当。

"非要拿自家老大当试验对象？"

刘对这个提议相当抗拒，抵抗道。

"那是你老大又不是我老大，再说这事儿也没多少失败的可能性不是吗。"

格溪则一副事不关己的样子。

"你是指让一个身高两米的女战士去偷东西的失败可能性么？"

刘重申。

"刘，我得提醒你注意一下，你要是这么聊天可就带有一些形体歧视的感觉了。"

在格溪的保证下刘目瞪口呆地看着尹兰离开。

"刘，反正闲着也是闲着，你帮我从购物柜里买几瓶喝的呗，我惦记这款饮料惦记老久了。"

与陷入失魂落魄的刘完全不同，格溪乐呵呵地指着购物柜说道。

一个小时过后，尹兰回到了据点，此时刘正与格溪在屋内把酒言欢。

"你看我说什么来着，大将军把枪拿来了。"

微醺的格溪招呼道。

"保险起见还是要问一下她拿来的方式，没准如你所说，她是把整个据点的人都弄死后拿来的。"

即便看起来也摄入了相当的酒精，但刘还是显得非常谨慎。

"刘你在喝了酒之后还真是爱讲这种不切实际的烂笑话，大将军你的确没有把宋俊灿和他的手下全杀掉对吧?"

笑嘻嘻地调侃刘之后，格溪转过头来用十分严肃的口吻对尹兰问道。

"我想喝那个。"

尹兰没有直接回答格溪，而是用手指向购物柜中那款包装十分可爱的饮品要求道。

第八章

冲 突

灾变元年 16 年 4 月 13 日 泽都 古拉格区

废弃军工厂（桑顿帮地盘）

经过了一天的准备，格溪将刘带来的通信装置安装到了尹兰的主控芯片之中。

"所以这个通信装置是什么级别，频道不会被截取窃听吧？"

格溪并不太信任刘帮她找的这个通信装置，显得相当谨慎。

"我认为不会，至少在桑顿帮的地盘应该是够用的。"

刘并没有承诺太多，毕竟目前也没什么其他可选项。

"很好，大将军，我现在要同步你的视觉系统，出于条件限制，我们只能假设并期待桑顿帮的这群乌合之众里没有够强的技术人员能侦测到有人在他们的地盘搞小动作。"

格溪利用通信装置对尹兰说道。

"如果假设不成立，有人能够察觉到咱们的通信呢？"

尹兰予以回应。

"稍好一点儿的情况是他们断掉咱们的通信，让你陷入孤立无援，到时候你想办法回到据点跟我们会合就可以了。"

"差一点的状况可就花样比较多了，制造点儿通信延迟，弄一些假同步视讯，根据信号到我所在的位置之类的状况都有可能发生。"

就在格溪介绍各种可能性的同时，双方视讯同步就绪。

"我这里显示的延迟只有几毫秒，现在同步测试一下，我会念几个数字然后你用手指在面前比划反馈给我。五七九四三一，很好，视讯同步效果相当不错。但我的恐高症要犯了，你尽量少低头。"

格溪通过主控芯片完成了同步，目前为止一切进展还算顺利。

桑顿帮的地盘建立在一座废弃的军工厂之中，各类大型机床框架让尹兰能够找到相当好的位置作为掩护。尽管身形相当庞大，但尹兰有着极强的协调性和身体控制能力，对周边环境的感知度也远远超出了常人范畴，她能够精准地预测周围防御人员的动态与视距，并找到最优的路线，将被察觉的可能性降至最低。

"类似的场面我在超感游戏中经历过不少，但要论刺激程度还是现在这个劲儿更大，等等，那边的那个巨大的罐型设施？我猜这应该就是刘提到的废料提炼的锅炉之类的吧，大将军，去到后面的涡轮搞一些小破坏如何，我猜一定程度的小事故应该可以吸引德曼帕克现身。"

格溪注意到了桑顿帮的厂房内颇为显眼的提炼炉，对尹兰提议道。

"你怎么断定会是小事故。"

尹兰靠近提炼炉后方，对格溪的提议报以质疑。

"因为这是北地的工艺，经典地只崩不炸。"

格溪自信地回答。

提炼炉附近走动着大量的桑顿帮成员，这些人都以战斗方向的义体配置为主，似乎并没有专职的技术人员负责维护熔炉的运作。

熔炉强烈的运作噪音与高温为尹兰提供了很好的掩护，在找到了一个相对安全的位置后，尹兰开始研究如何给熔炉制造一些小故障，简单破坏了几个机身后方的涡轮，尹兰退到相对安全的距离静观其变。

"看起来不太对啊，是不是下手太轻了？毕竟是北地工艺，皮实得很，要不要试试再去多弄几下？"

稍作等待后，格溪开始耐不住性子。

就在格溪发出质疑的同时，提炼炉内部发出激烈的轰鸣，周边的几个桑顿帮成员没来得及做出反应，熔炉开始剧烈震荡，继而升腾炸裂。

尹兰顾不上隐藏自己，迅步向外撤离，及时找到掩体作为保护，接着被爆炸产生的气浪打了一个趔趄。

"北地工艺是吧。"

从一片狼藉之中脱身后，尹兰轻声抱怨道，但由于刚刚的爆炸，此时通信设备已经失去了同步，尹兰并没有得到格溪的回应，安全起见尹兰选择先静候在原地等了一会儿，希望等爆炸的余波结束通信能够再次连接。

"听得到么？可算连上了音频了。我虽然预料到了咱们会捅娄子，但没想到会是以这种形式。来不及再同步视讯了，你赶紧撤回来。"

几分钟后音频再次连接，格溪对尹兰下达撤离指令。

此时桑顿帮已经乱作一团，为了避免暴露，尹兰非常谨慎，在距离爆炸点一个相对隐蔽的地点观察一阵后才开始撤离。

"找到搞破坏的入侵者了，就在厂房，赶快去支援！"

一个桑顿帮成员的喊声传了过来。

"我猜那个人口中的入侵者应该不是指你吧？大将军。"

通信装置另一头的格溪也听到了喊话，对尹兰问道。

"不知道。依照另一个厂房的位置来判断，他们说的入侵者应该是从外围临时杀进来的。"

尹兰对格溪分析道。

"不得不说我低估了宋俊灿他们了，没想到竟然会很够义气地来援护咱们。"

"他们会派人来掩护我撤离？你是这样认为的？"

尹兰质疑道。

"虽然可能性极低，但总高过咱们的这次行动恰好赶上某些其他什么人掺和到这场乱局之中对吧？保险起见你要不要在尽可能不被人发现的情况下去了解一下具体情况？"

面对突发状况，格溪简单理了理思路决定改变计划，对尹兰提议。

得到了格溪的指示，尹兰趁着周围人员的注意力全部集中在地面上，依靠自身优秀的攀爬能力上到了顶端位置，逐步靠近骚乱地点。

"我已经尾随着过来了。这里的情况是一个看起来挺高级的义体人正在与这儿的帮派成员缠斗。"

尹兰找到了一个视野相当开阔的制高点对格溪报告。

"有没有可能你能借机找到德曼帕克，如果没有的话那就趁着那个义体人被击败之前赶紧撤回来吧。既然不是咱们的人就没必要蹚这浑水。"

格溪下达了撤退指令。

"事实上战况偏向于那个义体人那边，但她看起来好像也有其他目的，并不是很恋战。"

尹兰通过通信频道向格溪描述当下的状况。

"不要管她了，这种机会难得一遇，先撤离那里。"

捅了娄子的格溪只想着尽快撤离，并不太在乎当下的乱局。

"还有一个情况，就在距离厂房不远处的位置，几个桑顿帮正在追捕另一个人。"

尹兰继续报告道。

"看起来你找到了一个相当不错的位置看戏啊。先等一等，我试试能不能再次同步视讯。"

意识到局面的复杂性，格溪叹了口气，开始尝试再次连接视讯装置。

"很好，连接上了。"

经过了短暂的调试，再次同步视讯的格溪看到了位于制高点下方的情况。厂房处一个身穿迷彩装甲的女性义体人正在应对不停聚过来的桑顿帮成员，另一边的桑顿帮成员放弃了追捕，赶来协助围剿厂房的入侵者。

"有什么打算？"

"有个说法叫作敌人的敌人就是朋友，我一直觉得这种以对抗和博弈的立场区分敌友的方式蠢极了，但这次不一样，咱们可以试着抓住这个机会看看能不能渔翁得利。"

面对眼前的局势格溪觉得有机可乘，很果断地放弃了撤离的想法。

"具体怎么做？"

"先观察一下情况吧，感觉他们的行动好像没什么章法，似乎也是在找什么东西。"

由于尹兰找到的制高点视野非常开阔，格溪可以将下方的情况看得一清二楚。

"厂房的这个义体人好强啊，话说她怎么跟突然接到指令一般撤离了？明明刚刚还在积极应战。"

就如格溪所说，与桑顿帮缠斗的义体人突然改变了策略脱离战场，转向与不远处的另一拨人会合。

"等等，另一边出现的那个长得像个娃娃一样的黑长直美女是怎么回事儿？那边那个义体人似乎想要跟一个看起来像是桑顿帮内部的人交易一个公文包……"

通过位于高位的尹兰，格溪以相当明朗的视角观察着下方发生的一切，局面逐渐演变成了桑顿帮与黑长直女性正面的对峙。

"真不错，好消息是德曼帕克出现了，坏消息是刚刚发生的这一系列情况我都没太看懂，但至少可以明确的是，他们都想得到那个文件包。"

完整地目睹了下方发生的一切，格溪总结道。

"我们该怎么做？"

"当然是要谨记自己的原本的目的与初心，然后把精力集中在大家都在做的事情上了。"

格溪调侃道。

"干掉德曼帕克后试着把包夺过来？"

尹兰确认了一遍，毫无为难。

"对，你应该打得过那个动作花里胡哨的女忍者义体人吧？"

"正面对抗没问题，但我不确定她要是想撤离的话我能不能拦住她。"

此时下方的战局已经乱作一团。一心想要夺回文件包的德曼帕克为了保证文件包的安全并没有下令让手下使用枪械，这使得深作柳能够很大程度上发挥自身战斗性能的优势将局面拖入自己的节奏。古茨辛举着双手在一旁维持着尴尬的微笑不知所措。而九条薰则面带怒意，恨不得把眼前这些碍事的蛆虫全部诛杀殆尽。

客观来讲这场混斗的变数不大，有着绝对数量优势的德曼帕克即便未能在搏杀中战胜深作柳，依旧可下令使用远程武器将其击杀。尽管深作柳能够依靠双方悬殊的个体能力差距随时脱离战场，但由于要顾全九条薰，因此必须死战到底。

随着战斗的深入，寡不敌众的深作柳疲于应对眼前的敌人无暇顾及九条薰，几个战斗人员趁机将九条薰包围从她手中夺走了文件包。

接手文件包的德曼帕克示意暂停，深作柳见状立刻撤回到九条薰的位置进行保护。

"很好，这下局面定下来了。你最好告诉我这个文件包里的东西有什么价值，为什么要搞这么大动静想要得到它。"

德曼帕克以胜利者的姿态对九条薰命令道。

"我已经没耐心和你们这种阴沟蛆周旋了。那个东西对于你这种人而言只会带来灭顶之灾，把它还给我，否则你死得会比你预想得还要快。"

九条薰忍无可忍地对德曼帕克咒骂。

"你这些恶毒的诅咒只会让我把你弄死的过程变得更加甘甜可口，射杀她们！"

已经将文件包夺到手的德曼帕克没有了任何顾忌，即刻下令击杀九条薰，与此同时尹兰以天降之势坠入现场将德曼帕克直接踩在了脚下。

没有给其他人甚至德曼帕克本人反应时间，尹兰将手指嵌入德曼帕克后颈，将他的脊椎与连接主控芯片的神经装置一同拽了出来，模糊的血肉与杂乱的脑元连接线震慑住了周边的人员，也让本成定局的形势再次变得混乱。

"这下我知道你在杀人方面有多么专业了，刚刚那招抽筋剥骨真利落，下次别在跟我同步视讯的情况下用了，拿上东西赶紧撤离。"

通信装置另一边传来了格溪的指令。

当着众人的面儿捡起了文件包，尹兰利用杀掉德曼帕克产生的余威逃离了现场……

第九章

宝 藏

宋俊灿又一次回放了尹兰第一视角击杀德曼帕克的视频，他的双眼定格在屏幕上，身体微微颤抖，试着平复了一会儿情绪，但依旧没能从震撼的余韵中走出来，过了一会儿他终于开口。

"很好，你们，做到了。"

宋俊灿用单个词汇组成的句式说道。

"老实说我还担心你会质疑这视频的真实性呢，毕竟过程挺劲爆的不是吗？"

从紧张的气氛中缓了一口气，格溪玩笑道。

"她被我拿时，残破不堪，我觉得，是麻烦，叫刘，处理掉，没想到，卖给了，你，义体医生，现在来看，她是个王牌，你赚到。"

"你知道还有什么是赚到么？听你说蹩脚的通用语没被气死是我最大的赚到。"

格溪玩笑道，接着她特意退了一步，在手提着一个裹布包袱的尹兰身旁刻意地晃了一圈。

面对格溪的玩笑以及称不上具备礼节的动作，宋俊灿先是本能地一恼，而后转为笑颜，用主控芯片调节了他的即时翻译功能。

"我更喜欢用自己掌握的词汇表述问题，即时翻译会让我有一种被发言的感觉。"

即便使用了翻译功能，宋俊灿的口音依旧充满着他特有的味道。

"那么，开始支付我们的酬劳吧。关于她的一切以及你掌握的相关情报，我要听最真实的。"

格溪在宋俊灿面前展现出了较为强势的态度。

"她是我的手下在古拉格暗巷中搜出来的，我认为她是因伤势过重在逃离追杀时昏死在藏匿地点的。之所以觉得她是麻烦，是因为北地辛迪加在找她，由此我推断，杀掉她的人，也是北地辛迪加，毕竟以她的强度，在古拉格很难有人把她逼入绝境。"

宋俊灿开始讲述捡到尹兰的过程。

"你的解决方式是吩咐手下把她给卖了？为什么不交给北地辛迪加的人？"

"因为，我们与北地辛迪加存在对立性，飓风女王从原则上要求一切外部势力撤出古拉格。"

宋俊灿不紧不慢地回答。

"也就是说现在古拉格的最大头目要你们离开，但你们不仅没离开还想着杀掉同行搞竞争？"

尽管理论上听起来不太成立，但格溪还是捋了捋这其中的关系。

"是的，听起来不太站得住脚对吧？但我们是兴联帮，古拉格跟其他区的走私贸易被我们把控，即便是高如飓风女王这样的存在有意将我们分拨出去，但必需品的供应还是要有人来解决，总不能让桑顿帮的那群只会收废品的疯子们管理走私贸易吧？"

宋俊灿进一步解释道。

"而这其中的变量就是那个叫什么摩伦哈迪尔的家伙对吧？他想通过你们手中的走私渠道获得他想要的各类花里胡哨的商品，但又不敢违逆那个飓风女王的意图，所以选择了个共存的折中办法。"

格溪对其中的利害关系早就有所预见。

"是的。但桑顿帮认为自己的存在更加符合飓风女王的诉求，可他们又无法越过摩伦哈迪尔，所以就想把矛头指向我们。其实原本桑顿帮没那么辣手，如果不是出现了德曼帕克。"

宋俊灿提到德曼帕克时表情抽搐了一下，能够明显感觉到他对这个人的厌恶。

"好吧，这些听起来顺多了。那我们再聊聊关于我好朋友的问题吧，你觉得为什么北地辛迪加的人要杀了她？"

格溪将话题拉回到了尹兰身上。

"不好说。北地辛迪加统治期间内部的情况外人很难知道。我猜她或许就是上位者妄图刺探北地辛迪加机密情报的特工，行动失败被杀掉。"

宋俊灿的分析相当普通，但也最为合理。

"这确实算是基于目前状况比较合理的一个推测。话说我身为一个义体医生对化工和废品提炼之类的领域不是很懂，你能不能帮我解答一个问题？"

本着物尽其用的原则，格溪又提出了一个小诉求。

"这方面我也不是很清楚，但可以让我这里懂行的人过来为你解答。"

"叫朴敏熙过来。"

面对格溪的要求宋俊灿显得相当配合，对一旁的手下吩咐道。

不一会儿，一个头发凌乱的女孩儿赶了过来，她眼部佩戴着一套工程用途的外设，身上的衣物凌乱且布满油渍，看起来精神状态也不是很好。

“朴敏熙，我这里的技术人员。”

宋俊灿为格溪介绍道。

“嗨，你好啊姑娘。我在之前去到桑顿帮的地盘时发现他们在厂房通过一种类似于提炼炉的装置熔炼什么，之后那玩意儿爆炸了，炸掉了半个厂房。你能告诉我他们具体是在做什么吗？”

格溪能够感觉到对方不是什么好沟通的类型，尽可能把态度放缓地问道。

“阿西……欧巴，昨天制造大爆炸把我房间里那么多东西震到地上摔碎的就是她们？”

名叫朴敏熙的女孩没有直接回应格溪，而是用木槿国语转向宋俊灿开始抱怨。

“敏熙，她们能听懂你在说什么，别给我丢人，认真回答她们的问题。”

宋俊灿严肃地对朴敏熙命令道。

“呔，那个，你刚刚问的问题，是他们在通过工业废料提炼帕达伽，是一种工业毒品，可以直接在古拉格内部消化，换取钱。”

朴敏熙的回答相当轻描淡写，很难说是对格溪的问题有什么配合态度。

“他们提炼毒品的装置能炸掉大半个厂房？”

“特定的情况下可以。”

"好吧，我承认我们是在行动中没有考虑后果的情况下稍微搞了点儿小破坏。"

"确实是小破坏，没能彻底引爆，如果方法得当，你们会把整个桑顿帮的厂区都炸平。"

朴敏熙没有试图收敛自己的情绪，格溪能感觉到她想骂自己的词汇就憋在嘴边随时会爆出来。

"哇，这听起来还真够惊悚的，桑顿帮那群人做这么危险的事情，这儿的管理者，北地辛迪加什么的就不会干涉么？"

"这些不是我的领域，我只负责解答你关于化工方向的问题。"

朴敏熙嫌弃地回答。

"那我换个问法，为什么干废品回收买卖能涉及这种化工行为？"

面对朴敏熙的态度，格溪只能试着变通思路。

"因为下位者只能享受上位者的残余饭羹，他们丢弃什么，我们就拥有什么。"

朴敏熙的回答并不直观，但格溪还是能够从中察觉到内容所在。

"如果不是我理解或者你表达存在一定问题，我会认为你在告诉我北地辛迪加的人在大量生产工业毒品。"

"帕达伽是由工业废料提炼出的极易挥发的工业毒

品，但稍微改变一些应用方法，亦可制成斯瓦洛格，北地语中火神的意思，具有很强的不稳定性。如果是桑顿帮，我倾向于他们在制作帕达伽。如果是辛迪加，我实在不知道他们成批生产毒品的意义所在。"

朴敏熙几乎是在明示格溪。

"听起来可真够危险的，不是吗？"

格溪显然理解了朴敏熙的意思。

"毕竟这儿是古拉格。"

朴敏熙象征性地笑了笑。

"很好，我问完了，谢谢你。"

"还有什么需要我帮助你的么？格溪医生。"

宋俊灿对格溪问道。

"怎么说呢，你知道最近有什么其他的势力介入古拉格想要得到或者抢夺某种东西吗？"

格溪试想起了之前在桑顿帮的遭遇，试探性地问道。

"你的问题相当模糊，但再具体下去应该也无法从我这里得到什么有用的答案，反而会暴露你自己的意图，我对你的建议是，你是个聪明且有想法的人，不要陷得太深，否则你就要面临孤注一掷才能存活的风险。"

宋俊灿给出了他的忠告。

"哦，就像你杀了梁虎上位那种孤注一掷吗？"

"我们不一样，我没得选，而你……哼。"

宋俊灿稍作停顿，再次快速打量了格溪一眼。

"或许你也没得选，总之祝你好运。"

履行完了对格溪的义务，宋俊灿结束了这场对话，格溪简单告别示意，在离开几步后突然又退了回来。

"哦对了这玩意儿还给你，算是咱们交情的见证，毕竟你可拿它指过我的头。"

格溪掏出了尹兰顺走的宋俊灿的手枪放到了桌上，告别了一脸错愕的宋俊灿。

离开了宋俊灿的地盘，格溪看了看尹兰手中的包裹，一脸愁容。

"那家伙根本就没看到这个文件包，但他绝对是有意识地在回避咱们问他关于文件包的事儿。"

格溪抱怨道。

"会不会是因为你将它包得太奇怪了。"

尹兰将手中这个被有着浓郁北地风格大裹布包装的文件包晃了晃，一脸的嫌弃。

"不然呢，直接把咱们从各路疯子手中夺来的战利品拿给他看？"

格溪反问道。

"为什么咱们不自己打开它？"

尹兰看了看这个包袱做出提议。

"因为对我而言这东西就像个魔盒，里面装有随机的未知以及必然的不幸。"

格溪若有所思地回答。

"你在下令让我夺走它时你倒是挺积极的。"

"真抱歉，我是个有机自然人，甚至都没经过义体改造。当时咱们的特工游戏太过刺激，我上了头才做出那种想要抢走这个文件包的白痴决定。毕竟如果按照超感游戏的逻辑，做了额外的工作是会有附加奖励的，要么说现实就是一款粪作嘛。"

相比于真的后悔这么做，格溪的态度一如既往地像是在推卸责任。

"就好像之前你上了头把我救活？"

尹兰淡然地讽刺道。

"对，好比喻，看来我还是个惯犯。"

格溪笑了笑，摆出一副自作自受的态度。

"接下来我们怎么办？"

"当然是回万兴区，我们已经得到了想要的，甚至还捎带着顺了点儿不想要的。"

格溪又一次嫌弃地瞥了一眼尹兰手中的大包裹。

"想要的？你是指？"

"我基本可以断定你大概是某个上层企业或是政体所雇佣或是培训的特工，来到古拉格潜入或是以交涉的方式解决一些跟那个飓风女王或是她的部下的一些纠纷，但是可能是你或是对方的问题，总之最后你被他们击败或是双方折损都差不多，最后落到了我手里。"

如果抛开内容不提，格溪在回溯这些事情时每个词汇都运用得相当精准。

"你这套分析中的不确定因素是不是有点多啊？"

"只是细节方面的不确定因素有点多，大体思路可是相当之明确，总之我不觉得带你回万兴会有什么风险。"

"回去之后呢？"

"就……可以试着收拾收拾我的公寓，一起去酒吧找点乐子，跑到复古电影院看一场电影什么的。对了，其实我稍稍微微学过一点乐器，要是能翻出来我的旧吉他，或许我还可以给你写首歌唱一唱什么的，虽然比不上意识体们写的歌专业，但绝对原创且真情实感。"

相比于之前，格溪在谈论回到万兴后的生活时显得有些扭捏。

"唔，听起来还挺不错的。"

尹兰摸了摸格溪的头。

"你也可以理解为那是我对你能容忍 GXgirl 音乐的行为导致的后遗症，总之我得想办法修正一下你的音乐素养。"

"只要是你想做的，我都会配合。我很乐意能够回万兴区和你过你刚刚说的那种生活，无论发生什么，或者谁想要打扰我们，我都会保护我们的一切。"

尹兰靠近格溪对她强调道。

"一般来讲为了严谨性，这段发言如果是我来说，就会在保护一切前面加个尽量或是尽可能之类的词儿，但换作你来，感觉就不太用得上。事实上就在刚才我还在考虑这里的一些问题，为什么辛迪加的工业废品里能提炼出爆炸原料？那个飓风女王掣肘一切目的是什么？以及你手里的这个被恶俗花布裹着的公文包里装的是什么东西？但这些都不重要了，有句古话怎么讲来着，无恒产者无恒心。"

面对尹兰的亲近，格溪释然了不少。

"所以你找到你的恒产了？"

"这类关联语句其实都是相通的，也有可能是我找到我的恒心了。"

"那这个你打算怎么处理？"

尹兰晃了晃手中的包袱。

"我当然会给它找个好去处。"

序章

重 逢

灾变元年16年4月21日 泽都 古拉格区

诺维亚·尼古拉耶维奇·厄迦丝的厂房

接受义体改造的过程中大部分人会选择性地保留一部分痛觉感应，义体医生对此给出的解释通常都是说这么做能够提升适配度以及降低赛博失心疯的病发概率。

诺维斯基很后悔自己当初听从了义体医生的建议。

被深作柳击中的位置已经完成了基本的治疗，但伤口却犹如附骨之疽般作痛，由于刚刚经历重启，诺维斯基不能摄入相关药物缓解疼痛。

如坐针毡的诺维斯基来到天台点燃一根烟，踌躇地吸了一口，被突然发作的阵痛干扰到了呼吸，轻咳了几声。

"那东西就那么让人上瘾非吸不可吗？"

身后传来了诺维斯基熟悉的声音，只不过相比之前的大多数时间，九条薰的话语之中变得充满了戾气。

"你在这儿多久了？"

诺维斯基甚至没有回头看九条薰，再次吸了一口烟。

"也没多久，你是早就知道我在这儿等你还是恰好撞见了？"

九条薰走到了距离诺维斯基稍近的一个位置。

"或许都有。我知道你没拿到想要的，肯定会阴魂不散，再就是迦丝她虽然自己也抽烟，但却不喜欢厂房里有烟味儿。"

"我不喜欢那个女人。"

"对，她倔强要强且高度不可控，绝对是你这种人讨厌的类型。"

再次轻咳了几下，诺维斯基皱着眉头说道。

"我这种人？哼……"

九条薰用阴狠的眼神瞥了诺维斯基一眼。

"我需要你帮我再次找到我弟弟的意识体。"

"我猜你也是来聊这事儿的，但有些事情你最好帮我厘清。"

摆弄着手中的香烟，诺维斯基犹豫再三后振作起了精神深深地吸了一口。

"三个。"

九条薰用手势比出了三。

"……"

与之前同样的场景，这一次诺维斯基暂缓了一会儿，思考该如何利用好三个问题的机会。

"如果按照计划没有发生意外，我成功从桑顿帮手中拿到了你弟弟的意识体，并且交给了你的母亲，会发生什么？"

诺维斯基问出了他的第一个问题。

"你会被杀掉，然后被伪造出一个莫名其妙的死因，一切与真相有关的线索都会被巧妙地抹除。"

九条薰坦然答道。

"所以为什么当初要找到我？"

诺维斯基顺势提问。

"因为你是化解了古拉格危机的'古拉格英雄'，并且选择扶持了一个疯女人上位创立了北地辛迪加，在立场上你与这份工作有着高度的契合性，且假如对于部分人而言恶贯满盈的你突然因为意外暴毙街头也是一件很容易被人释怀的事情。"

九条薰耸了耸肩答道。在她的解释中诺维斯基的存在就犹如一件用完即弃的工具，但九条薰并不觉得或者说压根不在乎对诺维斯基形成冒犯。

"真是辛辣的说法。"

面对九条薰的冒犯，诺维斯基也并没有表现出太过在意。

"你只剩一个问题了。"

九条薰提醒道。

"你是……九条森，你的家臣深作柳是你死去的姐姐九条薰，而那个意识体，则是一个类似于基于你的人格原型创造出的某个独立概念且对你的家族有着至关重要的作用对吗？"

诺维斯基深吸一口气，问出了一个相当负责的问题。

"看来前两个问题只是作为铺垫被你用掉了啊。"

"不好吗？第三个问题你只需要根据实际情况回答对与不对。"

"我本来应该回答不完全对，但你早晚会补全有偏差的那部分，所以无所谓了。"

"所以你的答案是对。"

"是的，但我还是要多说两句，像你这种喜欢探寻所谓真相的人我见多了，他们大多英年早逝。"

"英年早逝对我这个年龄的人而言已经不太适用了，如你所说，我注定得不到善终，对此我早有觉悟。"

从第三个问题开始，双方的交涉就不再淡然，字里行间之中都含有着相当成分的博弈性。

"那么你愿意跟我去找到那个意识体吗？"

九条薰提议。

"你不该杀掉那个孩子的。"

"难道你没有过类似的行为？别来这套。"

"我没有因为个人的喜好去做过。"

"好吧，这件事儿是我的问题，对此我感到很抱歉，但你还会帮我对吗？"

在进行了一次推脱后，九条薰最终进行了道歉并对诺维斯基确认道。

"对，我们得去找回那个意识体。"

语气之中颇有无奈的成分，但诺维斯基还是答应了下来。

"很高兴你基于我们之间的立场选择了较为妥当的一项。"

"我不过是在两害相权取其轻罢了。"

"哼，让我惊讶的是你并没有对相关的细节问题刨根问底，我甚至都做好与你分享一些小秘密的觉悟了。"

在取得了诺维斯基的配合后，九条薰悠然地说道。

"你是觉得自己避开了这个环节么？"

"不然呢？"

"你想不想来一杯格瓦斯？"

诺维斯基难得地露出了微笑发出了邀请。

从九条薰与诺维斯基来到古拉格区后就在诺维亚的厂房中发生了不止一次的小尴尬以及气氛紧张的局面，

但要论诡异程度和紧张性，现在这次是没有前例的。

依旧是与第一次在餐厅一样的位置，九条薰、厄迦丝与深作柳呈三角分布坐在诺维斯基前方，偌大的餐厅没有其他任何人，如同靠近这里就会遭遇天罚一般，厄迦丝的手下都如逃难般地远离了这片区域。默不作声的深作柳，一脸怒意的厄迦丝与脸上扭出不自然苦笑的九条薰，唯独诺维斯基的状态相当轻松，堪称悠闲地将装满格瓦斯的酒杯递给一旁的深作柳。

"诺维，按照你自己以及古茨辛那小子的说法，这个东瀛妞在关键时刻背叛了咱们还干掉了你对吧？"

厄迦丝的声音饱含怒意，像是随时会对着九条薰精致的面庞来上一拳一样。

"对。"

诺维斯基确认道。

"而且她背地里甚至都不是个妞而是什么男心女身的臭变态对吧？"

"这个说法有待商榷但整体没错。"

就在诺维斯基表示认同的同时，九条薰狠狠地瞪了他一眼。

"所以为什么她能堂而皇之好像没事儿人一样地坐在我的椅子上？"

"我想是因为她愿意回答我们的任何问题，并诚心求得我们的帮助吧，对么？"

诺维斯基对九条薰问道。

"……对。"

咬着牙将气咽进喉咙，九条薰答道。

"我再确定一下，这次的回答不止三个对吧？"

诺维斯基相当刻意地再次强调了一遍。

"……对。"

"很好，迦丝，接下来由你来问吧。"

诺维斯基很好地利用了九条薰对厄迦丝的忌惮这一点，将主动权交给了厄迦丝。

"如果我们继续帮你，能拿到多少钱？"

"你们说的算。"

"那我要之前的四倍。"

"没问题。"

"她就这么直接答应了？"

完全没有讨价还价的博弈感掺杂其中，厄迦丝被九条薰突如其来的一口价搞得相当失落。

"迦丝，稳重一点。"

诺维斯基提示道。

"那个……既然你在使用女性的身体，所以你的性取向是？"

乱了阵脚的厄迦丝匆忙地又抛出一个问题。

"迦丝……算了还是我来吧。我需要知道那个意识体到底为什么对你而言那么重要？你得解释清楚我们才会选择继续帮你。"

诺维斯基接替了厄迦丝提问道。

"我可以为你们解释，但在得知一切的同时你们也会承担知情者所将面对的沉重代价。"

九条薰做出了解释一切的觉悟，进行最终警告。

"那么请开始吧。"

"七年前我和我的姐姐遭遇了一场事故，被送入了一家相对特别的医院进行抢救。之所以称其为相对特别，是因为这家医院是一个内部机构，而我的父亲是其中的工作人员，因此才能将我和姐姐送去抢救。由于生命体征急速流失，情急之下我的父亲为了保全我和姐姐，将我们的意识通过某种方式写入到了程序之中。这个行为相对禁忌，得益于他是这个领域的头部人才，才能勉强做到一部分。"

九条薰似乎并没有与人分享过这些经历，在讲述时显得有些生涩。

"我和姐姐的有机部分受损过于严重，机构的首席学者提出了一个解决方案，那就是利用我和姐姐尚存的部分互补修复组建，这样有概率能够救活其中一人。"

"两件事情是同步做的，理想状态下，醒来的是我的姐姐，而父亲则可以通过他的意识体技术复原一个身为意识体的我。"

"结果醒来的是你，而你父亲重塑的那个你也成功了？"

诺维斯基问道。

"可以这么说。"

"那她是怎么回事儿。"

诺维斯基看了一眼深作柳问道。

"是另外一个项目，与咱们讨论的这件事儿无关。是那个把我与姐姐缝合到一起的首席学者做的，她称其为'双生试验'，把我的姐姐从我的意识剥离到了一个与我共生的智械之中。"

九条薰意味深长地看了一眼自己的"姐姐"深作柳。

"光是听你描述我都能感受到那个所谓的首席有多病态。"

厄迦丝说道。

"天才与疯子并非一步之遥，但她显然是将二者完美结合了。总之与我共生的不只是我姐姐，还有一个意识体，而这个意识体，也就是我们一直在找的那个东西。"

"所以那个意识体有什么用？为什么你的母亲和父亲也在找它。"

诺维斯基问道。

"我们的目的有所不同。"

"有什么不同？"

"他们只想找到意识体，破坏它，息事宁人继续坐以待毙。"

"而我则需要那个意识体帮助我成为九条家的家主，接着掀起一场革命。"

第一章

余 温

万兴区的救济中心曾经由黑帮管理，如今泽都管理署已经实现了对这类公共机构的全面接手，在对待救济中心孤儿问题方面管理署有着相当清晰的思路，他们深知自己无力改变局面与现状，因此采用了相当消极的管理方式，最终从救济中心出来的大多数孩子依旧会被黑帮吸收，只是在形式上与原先有所不同。

格溪带来了糖果零食发放给救济中心的孩子们，因为有了尹兰所以这次的量要比原先多了好几倍，孩子们如同过节一样欢呼雀跃地围绕着在二人身边。

"多亏有你帮忙，这次算是给这群小崽子们开心坏了。"

格溪将一袋果冻类的零食递给尹兰表示感谢。

"多谢。"

尹兰接过零食，零食的包装结构相当复杂，有着各类分层料包设计。

"袋子中心是果冻液，旁边的几个小分层是不同口味的味素，拔掉下方那个小塞子摇一摇的话就会在果冻液里加入椰冻。"

见尹兰有些困惑，格溪自己也拿了一袋果冻进行讲解。

"这个还挺有趣的，我在你家里看到的都是固定口味的。"

尹兰将草莓味素拧进果冻袋，开始享用零食。

"固定口味的适合自己在家喝，送给小崽子们这种自选式口味的零食就更合适一些。"

格溪将葡萄味与橙味的味素捏开，熟练地摇了两下果冻。

"看得出这些孩子很喜欢你。"

"孩子们喜欢每一个给她们零食的活物，况且我这个活物有着五颜六色的头发还会说俏皮话。"

尹兰甚至能从格溪看着这些孩子的神情中多少感受到一些母性气息，这是与平日里相当孩子气的格溪完全不相符的特性。

"这里的管理人员好像和你很熟。"

尹兰看了看救济中心四周的环境，这里的墙壁老化严重，大多数设施已经老旧到无法使用，但孩子们的涂鸦让它们看起来显得没有那么破败，反倒洋溢着几许充满生活感的温馨。

"对，因为我每个月都会来这儿一趟。不过就算是不熟想混进来也挺简单的，毕竟救济中心是半公开的，大部分时间都处于想来就能来想走就能走的状态。当然，除开一段特殊时期。有段时间万兴区有一个搞器官贩卖的疯子隔三差五地就来救济中心物色猎物，后来还是他贩卖未成年人没发育成熟的器官与买家发生纠纷才把事情闹大。"

作为过来人，格溪显然对救济中心评价不高，但从她的眼神可以看出来她对这里有着相当的留恋，这些留恋或许是这儿的孩子，又或许是夹杂在她不幸童年中少许的快乐回忆。

"我以为经历了那种事情这儿的安保措施应该会好一点。"

"那件事儿除了让电影院多了几部弑童题材的都市恐怖类三流电影外没产生任何其他影响，就像这儿的大多数公共设施一样，救济站儿童的人身安全全靠外界的怜悯与道德底线来维持。"

就在二人交谈之际，一个坐在轮椅上的女孩缓缓从屋内方向靠了过来，她面带苦涩的微笑，与周围短暂的欢悦气氛格格不入。

"格溪姐姐。"

女孩眯着眼，试着对格溪展现尽可能亲切的微笑，由于与苍白的脸色不太协调，女孩的笑容显得有些刻意。

"夏妮，你看起来状态不太好。"

名叫夏妮的女孩看起来相当虚弱，她的指尖被医用器械包裹着，几袋药剂悬挂在她轮椅上方的支架上，女孩的手臂上布满了小拇指大小的针洞疤痕，其中一个连接着轮椅上的医用器械。

"没关系的，格溪姐姐，下周我就要被安排进行义体改造了，到时候就会好过来的。"

作为被关心的一方，夏妮对格溪的语气反倒更接近于安慰。

"唔，是吗？费用怎么解决？你该不会是跟李国强签了卖身契吧？"

格溪在提问时显得轻描淡写，但眼神却颇为紧张地直盯夏妮的脸。

"听说最近行情不太好，兴联帮已经有段时间没来纳新了。这次为我安排义体改造的是中城区的一家医药科技，他们已经与救济中心协商好了相关事宜，我很快就会被送去那边治疗。"

"……"

格溪没有回应，用一种复杂且严肃的眼神注视着夏妮。

"他们说羲和药的供给越来越紧张，义体生意似乎也出现了动荡，我的病变程度已经不能再等了……格溪姐你不要想太多，听说中城区的环境很好，我一直都想去看一看。"

夏妮察觉到了格溪的担忧，对格溪解释道。

"……"

面对夏妮的解释格溪依旧沉默，她盯着夏妮满是疮痕的手腕许久后才缓过神来。

"嗯，中城区挺好的。等你康复回来，我带你去吃好吃的。"

格溪的声音相比之前显得很微弱。

"到时候可能味腺就摘掉了，不知道还吃不吃得到。"

夏妮苦笑着回答。

离开了救济中心，格溪的表情依旧相当凝重，在尹兰对格溪的认知里这是相当罕见的。

"那个夏妮，她有什么问题吗？"

"她倒是没问题，只是她要去的地方有问题，那个所谓的医疗机构更像是个下下之选，从我还在救济所的时候开始，被送去那里的孩子就没回来过。"

格溪回答道。

"那孩子，她知道么？"

"当然知道，救济中心里关于那破地方的恐怖传说都能出本书了，但那又如何，她没得可选。"

格溪叹了口气，沉溺在负面情绪中。

"其实我对这种破事儿早就习惯了，都怪你才搞得我这么不爽。"

"又是之前那套原因么？"

"对，就是那套，你知道在认识你之前我的价值观有多朴素么？适可而止与量力而为就是我行为逻辑的主旨，无论是古拉格的大阴谋还是其他的什么乱七八糟的我都不想管。虽然我还是带你去做了一些有的没的，比如调查你的身份以及鬼使神差地抢了那个文件包，但最终我选择了回到这里。而且有了你之后我也不至于像之前那样郁郁不得志地成天躲在超感世界里醉生梦死，这已经是相当大的一步跨越了。"

格溪这次的长篇大论更接近于一种诉苦。

"你刚刚的发言还挺混乱的，所以其实你是想表达什么？"

"我是想表达我对此无能为力。"

"文件包？"

"不，夏妮，当然，文件包我也无能为力，但两者有区别。"

"什么区别？"

"夏妮的事儿我有可能还能试着解决一下，但文件包那事儿我是碰都不想碰。"

"但结果是这两件事儿你都没有去管。"

"结果看似是这样的，你是觉得我在逃避吗，大将军？"

"不，我能理解你。"

"很好。"

"但如果只是看表象，那么你就是在逃避。"

"不然呢？就顺从自己的好奇心飞蛾扑火般地继续刺探古拉格隐藏着什么疑云？或是打开那个文件包牵出一笔根本不是我这个量级能承受的黑暗阴谋？"

"你是还在对古拉格的那些事儿耿耿于怀么？"

"不，我耿耿于怀的是夏妮。"

"我知道。"

"我知道你知道，但那对我而言要复杂得多。我本可以独善其身，但在加入你这个变量后就突然不那么好控制了。"

"你把我称为变量？"

尹兰感觉到了被冒犯。

"对，要知道我是个游戏玩家，你知道玩游戏的快乐本质在于什么吗？很大一点在于确定性，你有投入就会获得回报，甚至会有意外惊喜和更多收益。而现实生活就像是一个具备着无限连锁效应的巨大沙盒，走错一步，万劫不复……我无意冒犯你，使我迷茫困惑的并非我们的处境，而是更长远的东西以及正在被颠覆的处事原则，以及……"

就在格溪想要继续讲述什么的时候，一则私信将格溪的长篇牢骚打断。

"有人在呼叫你？"

"对，你怎么知道的？"

"因为你不太具备自主停止讲话的功能，所以我猜是有人通过私信打断了你。"

"看来你把我的行为逻辑吃得很透啊！"

"所以是谁？"

"还能是谁，与我建立私信联系的人就那么一两个，这个你还见过。"

第二章

家

距离上次来到接引区不过几天的时间，但这期间发生的事情却相当曲折。诺维斯基与九条薰坐在与来时同型号的接引仓中，气氛却全然没了初识时的感觉。眼前的九条薰换回了她的瀛风制服，丝毫没有遮掩自己恶质本性的意思，她就像是一个充满戾气与怨恨的雕塑，踌躇满志地盯着窗外。

"为什么是学生制服？"

诺维斯基打破了冷寂的局面问道。

"因为我对姐姐的印象最深的记忆就是停留在她穿这套衣服，顺带说下咱们来时你说这套衣服像性工作者的那话我可是还记得呢。"

哪怕只是回应诺维斯基的随口一问，九条薰依旧显现出了相当程度的怨怒情绪，这种锱铢必较的性格十分符合现在的九条薰的气场。

"你要是能收敛一些你的恶质情绪的话就再好不过了，毕竟接下来咱们还是要合作共事的。"

诺维斯基轻描淡写地说道，他在发言时很谨慎，尽可能地把自己放在了一个既不能强势到激怒九条薰，又不能弱势到让九条薰感觉自己有所退让的地步。

"在我看来已经毫无必要了，这些不是情绪，我本身就这样，你应该对我现在所展现出的状态感到荣幸，并非所有人都有资格看到我这样。"

如九条薰所说，她所表现出的傲慢与强势与她本身的气场完美融合，不存在一丝刻意性，即便诺维斯基可能不太适应，但眼前这个恶质的九条薰至少算得上是表里如一。

"再详聊一下你的家族革命计划如何？"

"我上次在你和那个独眼泼妇面前没解释清楚吗？"

九条薰不悦道，挑了挑她修长的眉毛。

"报酬方面谈得很清楚，但我想更深入地了解一下相关情况。"

"比如说？"

九条薰意识到诺维斯基又要向她套话，显得有些不耐烦。

"比如说那个装有意识体的文件包如何撬动你的革命。"

"好吧，既然你感兴趣的话，那我先问问你。你对意识体有什么认知？或者说怎么定义的？"

"嗯……能够自主学习与应用知识帮助人类完成工作的智能程序？"

"泛意上来讲差不多就是这个概念，但实施路径则需要精确的规划，那就是目的与原则。"

"我大概能理解。"

"事实上挺复杂的。简而言之，一个意识体存在的意义依托于它的目的性，而目的性决定了它自主筛选与学习信息的逻辑原则，除此之外局限规则能够避免意识体做一些预料之外的行为。举个例子，如果把一个意识体的终极目标设置成让全人类都吃饱饭这种宏观概念，那么无论你怎么设置局限规则，最终的意识体都会想出来更加不靠谱的目的，可能是将人类屠杀殆尽只剩一小部分满足其温饱以达到目的，抑或其他更加极端的解决方案。"

九条薰举例道。

"也就是说目的要精确……"

"不光如此，局限规则也很重要。意识体依托于孙氏集团的二代网络有着取之不竭的信息资源，稍有管理不慎就会成长为在认知层面上碾轧个体人类的恐怖存在，在局限规则的控制下，意识体的学习和应用领域被规范得很死。"

"这也就是为什么意识体仅限于文娱行业使用对吗？"

"对，但即便是森严如孙氏集团那样的存在，依旧会有遗漏。比如说我父亲在情急之下创造的那个以我为原型的意识体，它本应该随着我的苏醒而报废，但一次意外让我发现我能够连接上这个意识体，并无痕获取孙氏集团的二代网络信息。"

九条薰稍显自豪地将这个秘密分享给了诺维斯基。

"你利用了某种漏洞黑入了二代网络？"

"这可不是什么漏洞，是基于家庭惨剧与意外的偶然成果，想要以常规的方式窃取二代网络的权限无疑是痴人说梦，在这一点上，我堪比天选之人。"

"所以你可以借助二代网络成为一个凌驾于人类个体的恐怖存在？"

"并不，我自己又不是一个意识体，况且我也做不到能够完全支配我的那个意识体。再说想要从二代网络那海量信息内容中获取对自己有用的信息本身也是一件颇为困难的事情。"

"所以你用那个意识体做了什么？"

"我通过访问二代网络察觉到了由三大义体公司构建

的脆弱联盟正在因其中一部分人的背叛而趋向崩坏，作为与其中一家公司深度绑定的门阀家族成员，我有义务阻止悲剧的酿成。"

九条薰答道。

"而你的父母不太支持你这么做。"

"他们认为相比于我了解到的内情，我了解内情的方式更容易引发家族的危机。"

"真是经典的父辈纠纷。"

"老一辈就是这样，他们总觉得自己的认知是正确的且永远想要掣肘一切。对于这种顽疾，软性一点的解决措施就是等他们死掉替代他们，硬性一点的措施就是帮助他们死掉替代他们，而我倾向于哪种，根本不用和你多说对吧？"

第三章

聚 合

作为万兴区历史相对悠久的老街区，龙荃街自大灾变前延续至今，这里曾布满各类街边小食摊和商铺，现在则被自动贩卖机与黑门店覆盖。格溪与尹兰来到了鸿昌赌坊，这次的气氛有些诡异，门口的看场子的帮派小弟不在，就连厅内的客人也不见踪影。

"那个李老大说要找你干吗来着？"

尹兰察觉到了些许不对，向格溪问道。

"就让我过来一下，没说干什么，不是，有你在我还怕他？"

格溪无所谓地耸了耸肩，显得相当轻松。

"你不觉得气氛有点诡异么？"

"这儿是黑商的店面儿，气氛能不诡异么。放宽心，我对这儿熟得就跟自家后院一样。"

格溪大摇大摆地打开了李老大会客室的门。

诺维斯基、厄迦丝、九条薰、深作柳以及被挟持的李国强列成一排在此恭候多时。

"看来你家后院客人不少啊。"

尹兰冷冷地说道。

现场显然是经过了一番打斗清理而成的。李国强的右手机械臂已经被拆掉，脸上的仿生皮因打斗被搞得稀烂，看起来相当狼狈。眼前的几个面孔在桑顿帮地盘冲突时基本都见过，这也让格溪一下子就知道了对方的来意。

"格溪！你瞧你他妈捅的娄子！我当初都说了你救这大个娘儿们会害死我们所有人！"

被按在地上的李国强骂道。

"冷静点儿李老大，这他妈不是我捅的那个娄子！"

格溪显然也因眼前的情况有点慌，不耐烦地回呛道。

"那他妈能是什么？这群人就是从古拉格找到这儿来的。"

"对，但也不是你说的那个娄子，是，是他妈另一个娄子。"

"格溪，我真是低估了你的搞事儿能力，你他妈竟然——"

"行了，闭嘴吧。我来解决就是了。"

格溪长叹一口气，示意李国强闭嘴。

"聊完了？那咱们就别浪费时间了，那个会说话的文件包在哪？"

厄迦丝不耐烦地问道。

"事实上——等等，什么叫会说话的文件包？"

格溪抓住了厄迦丝问话中的盲点反问道。

"就是那个意识体，既然都已经这个局面了，你最好就别再进行这些无用的遮掩了。"

厄迦丝再次警告道。

"那个文件包是他妈的一个意识体？"

"你他妈不知道那个文件包是个意识体？"

面对格溪诧异的反问，厄迦丝显得有些无奈。

"是九条家的人雇你去抢那个东西的么？"

这时九条薰介入其中，对格溪问道。

"九条家，你是指那个东瀛的门阀家族？当然不是，为什么？"

格溪对这些质问所给出的回答全都是反问，相比于厄迦丝，九条薰显得更加不耐烦，她看格溪的眼神中饱含杀意。

"那你为什么要去抢那个文件包？"

诺维斯基也加入了其中对格溪问道。

"这是什么轮换制的问答游戏么？为什么抢那个包？

问得好！我也不知道，可能就是因为一时冲动吧。"

格溪的所有回答几乎都是基于客观事实给出的，但由于她过于随性的语气和态度，表现出的感觉完全就是在胡搅蛮缠式不配合。

这种反应是最令在场几人始料未及的，诺维斯基还在试图推演分析格溪之所以这么做的目的为何，相比之下九条薰则顾不上那么多了。

"把东西交出来，否则我会让你再也笑不出来。"

她如同宣告刑罚一样对格溪威胁道。

"嘿，东西不在我手里，但我还是挺愿意将它在哪告诉你们的，只不过对于我个人安全这方面，最好还是有话好好说。"

格溪面对咄咄逼人的九条薰并没有任何让步，尹兰向前迈了一步，保证能够及时援护到格溪所站的位置。

"我们只是想找到意识体，你要是能告诉我们它在哪就再好不过了。"

为了防止局面失控，诺维斯基再次发话。

"在此之前我们还是先定个小规矩如何，如果要谈就一个人来谈，一问一答。"

"可以，文件包在哪？"

诺维斯基迅速答应格溪的提议，并开始提问。

"在古拉格，我交给了一个熟人保管。该我问了，你们是干什么的？"

"我是私家侦探，负责帮助那边那个东瀛女孩找回丢失在古拉格中文件包的意识体。那么你为什么要抢走文件包？"

"因为我当时在执行暗杀那个桑顿帮头目的委托。具体原因就如我所说，脑袋一热顺势就把东西抢来了，至于其他的说实话我没什么要问的了。不如我把东西在哪告诉你们，咱们就这样好聚好散如何，毕竟咱们这事儿完了之后我还要被那边那个被你们拆得七零八落的胖子絮叨好久。"

"如果真的如你所说，咱们的立场似乎目前不存在对立性，但有一点，希望你能亲自带我们去取回那个文件包。"

诺维斯基提出了请求。

"你是指让我姑且不聊你们跑到这里把我合伙人揍了一顿，还把他的场子砸了个稀烂这些事儿，先帮你们解决眼前的问题是吧？"

"这些损失那位东瀛大小姐会全额赔付给你们。"

"很好，这听起来似乎是一个最为妥当的处理方式。"

第四章

降 临

灾变元年16年4月22日 泽都 古拉格区 兴联帮分部

在兴联帮的厂房内，宋俊灿对格溪的到来表现出了相当程度的重视，似乎从一开始就没指望起到真正意义上的掩饰作用，数十名装备精良的帮派成员在厂房中煞有其事地搬运货物。相比于上次来到这里，宋俊灿的厂房扩建了相当程度的面积，看得出来由于桑顿帮的衰落宋俊灿的业务得到了扩大提升。

"几天不见，你这儿变化挺大的嘛。"

格溪对宋俊灿招呼道。

"多亏你，桑顿帮，业务，划给我们，壮大。"

宋俊灿说话的方式变回了之前由生涩单词组成语句的形式，对格溪表达感谢。

"举手之劳罢了，毕竟怎么说咱们也都算兴联帮的一员不是吗？同事之间互帮互助那可太应该了。"

格溪寒暄道。

"很好。那么，格溪同事，请，告诉我：为什么，你要跟，攻击万兴区，兴联帮的敌人，在一起？"

宋俊灿掏出了之前那把用来抵在格溪头上的枪问道。

"哦，看来你知道李老大那边的事儿了，其实这些都是误会，我这次来……"

格溪相当嫌弃地看了一眼那把让她印象深刻的枪，继而试着解释，但话没说完，便被宋俊灿打断。

"你，解释一下：什么叫，误会？"

将枪口对准了一旁的九条薰，宋俊灿问道。

面对宋俊灿的这一举动，九条薰显然是感到了冒犯，她皱了皱眉头，露出了无可奈何的劣质笑容。

"我们赔偿了兴联帮的损失，现在想把东西找回来。"

九条薰用她为数不多的耐心对宋俊灿答道。

"东西，是她，托我保管的，如果她想要回，当然可以，但如果是，给你，我不同意。"

"嘿，宋老大，介于大家伙儿都被各式各样的小意外搞得没什么精力与耐心了，你能不能就稍微通融一下么？"

格溪在一旁劝道。

"格溪，你的立场，让我很好奇。"

"事实上也谈不上什么好奇不好奇的，我只不过是想尽快把手头的麻烦解决掉。"

没有找到宋俊灿说话重点的格溪还在试图絮叨，但宋俊灿的眼神让她多少意识到了一些危机性。

"我是指，如果，你接下来的立场。"

宋俊灿再次强调，这一次他表现出了更强的压迫感。

"呃……此话怎讲？"

"如果我，现在开枪，你，会站哪边？"

"不是，非要将事情发展到那种境地么？我可不可以不选？"

"不选，往往是，最差的，选择。"

宋俊灿话罢，扣下了扳机，虽然有所防备，但从阴影中闪现而出的深作柳还是未能成功护住九条薰，被子弹射中的九条薰一个趔趄倒在地上，诺维斯基和一旁的厄迦丝进入备战状态准备迎击包围过来的兴联帮战斗人员。

接着，倒地的九条薰发出一声带有怨怒的悲鸣。

"我可真是受够了跟你们这群阴沟蛆打交道了！"

缓缓从地上站了起来，九条薰的颈部边缘被宋俊灿的攻击打穿了一个窟窿，鲜红的血水从中不断流出。

"真可惜，不致命，把出口全部封闭，不要让他们跑掉。"

随着宋俊灿的下令，厂房内的闸门开始关闭，将九条薰、诺维斯基等人与格溪所在的位置隔开，打斗声随着闸门的闭合逐渐消失，形成了一个只留有格溪、尹兰以及宋俊灿的空间。

"虽然我找不出你们为那几人而战的任何动机或原因，但直觉总是在提醒我，你可能会帮助他们，所以，很高兴看到你们刚刚的袖手旁观。"

宋俊灿检查着手中的枪，此时他说话的方式不再像之前那样断断续续。

"所以你早有准备？真不错，看来李国强那老小子还挺有一手的，这么快就联系上你攒了这个局。"

哪怕尹兰就在格溪的身旁，与现在这个状态下的宋俊灿相处依旧让格溪感觉有点毛骨悚然。

"在接管了桑顿帮的业务后，我的人手一直不足，战斗人员更是相当紧缺，想要凑齐今天这个数量的配置并不容易。李国强那个蠢货，他根本就没有通知我你们的到来。"

"但你却对一切一清二楚。"

面对宋俊灿的解释，格溪挠了挠她五彩斑斓的头发，像是被闷棍给盖了一下似的头疼。

"这场局本身并不是为他们准备的，按照我最初的设想，刚刚的那颗子弹本应是射向你的。"

宋俊灿手中依旧握着那把枪，不紧不慢地对格溪宣告道。

　　"这听起来可真他妈够惊悚的。"

　　格溪回应宋俊灿。

　　"格溪，回答我一个问题，为什么你要把那个文件包给我？"

　　"因为我不想掺和这烂摊子了，想退出。"

　　"那你为什么又回来？"

　　"不得不。"

　　"我以为在我们这类人的认知里存在一个共识，那就是无论你身处哪个位置，全身而退都是不可能的，逃避，可耻且无用。"

　　"我可不想跟你交流人生经验，你就当我抱着赌赌看的心情试了一把错不行么，大家都在赌，你也一样。"

　　"不，你对赌的定义不太对，我的决断，是基于形势判断出的最优解，即便失败，在所不辞，是积极应对的，而你，则是报以侥幸的心理逃避问题。"

　　"是啊，你能把自己说得这么清新脱俗可真是出乎我的预料，所以接下来你是不是准备解释一下为什么计划干掉我？"

　　"因为摩伦哈迪尔。"

　　宋俊灿给出的回答十分直白。

"这个名字我听过，北地辛迪加的干部，安排你跟桑顿帮相互制衡的那个？"

格溪倒是不觉得意外。

"就是他，在我接管桑顿帮的业务后，他也开始向我发难，以此来测试我的服从度。"

"而这个发难的具体事项就是问你要回当初失踪的尹兰对吧？辛迪加的干部们倒是很懂得驭人之道嘛。"

"如果你说的驭人之道是指将下位者一步步逼到喘不过气不得不退让与服从的话，那么确实如此。"

"接下来你打算怎么办？"

"一会儿外面的战斗结束，闸门将打开，而我，将不对你进行任何干涉。"

"你不打算把尹兰交给摩伦哈迪尔了？"

"我见识过这位高个子女士的战力，不会在目前的情况下轻易犯险。"

"但你没有给予正面回答，所以我猜一会儿闸门打开后，将会是一番对我这边相当不利的场景吧？"

"或许是的，但那就不是我能掌控的了。"

宋俊灿话罢，按下了闸门开关，随着闸门的缓缓升起，厂房内战斗的狼藉映入格溪的视野：诺维斯基与厄迦丝重伤倒地，九条薰倚靠在角落的血泊中奄奄一息，深作柳最为惨烈，她被拆得七零八落，显然是经历了相当程度的恶战才倒下的，一个穿着军装的高大男人站在前方，注视着宋俊灿与格溪所在的方向。

虽然并没有亲眼见过摩伦哈迪尔，但依照当下的形势来看眼前这个男人只可能是他了。宋俊灿迎面走向对方，向其进行报告，格溪则与尹兰留在了原地。

"大将军，咱们两个今天会不会就死在这里了？"

"你就没想过试着把我交出去博弈一下之类的？"

尹兰却显得没那么紧张，对格溪打趣道。

"哇，接下来咱们要面对的那个可是整个古拉格区有头有脸的高层干部，你这个时候还敢开玩笑。"

"你不觉得这段时间发生的一切都不在咱们的预想之中么，凭什么接下来就会如你想得那么糟？"

"可能是因为接下来我要面对的人是自我出生以来地位最高的？话说你不觉得他们聊的时间有点太长了吗？"

就在格溪与尹兰对话的同时，宋俊灿与摩伦哈迪尔的对话也在持续，看得出来宋俊灿在面对摩伦哈迪尔时相当拘谨，奇怪的是摩伦哈迪尔的举止也显得有些放不开，僵直地站在原地听取着宋俊灿的汇报。

"气氛有点怪啊，咱们就这样原地等着坐以待毙吗？要不要试着突围出去？"

"不太现实，我不可能带着你在这么多战斗人员在场的情况下逃掉。"

宋俊灿结束了对摩伦哈迪尔的汇报，鞠躬后离开了现场，随之一起撤离的还有他的手下，而摩伦哈迪尔并没有顾及格溪这边，而是以军姿原地静候。格溪和尹兰就好像被人遗忘了一样留在了原地，正当二人诧异之时，清脆的高跟鞋声从远方传来……

　　"哦，我刚刚是不是跟你说接下来我要面对的人是自我出生以来地位最高的?"

　　格溪的声音带有些许颤抖，对尹兰调侃道。

　　"怎么了?"

　　"那句话在那句话的基础上可能要再次刷新一下了。"

第五章

飓风女王

就一名私家侦探而言，诺维斯基所配置的战斗义体有些超纲，在经历了各式各样的冲突与矛盾后，他深知暴力手段解决问题的必要性，而一旦问题陷入这层必要的时候，火力与护甲就无论什么程度都不嫌多，相较于刚刚发生的这场战斗而言，诺维斯基对自己的战斗义体的配备显然还是趋于保守了。

通常来讲，战斗人员会以破坏义体人脊椎神经系统作为判断击杀的标准，如果有相应的必要，也可以针对性地破坏义体人的视觉系统和义肢以达到让对方丧失行动力的目的。

现在的诺维斯基的情况就处于后者，他依旧保持着部分听力，但眼前一片黑暗，阵痛从他的后脊椎扩散全身让他痛苦不堪，现在最致命的问题是他感到了幻肢痛。

被破坏的义肢传来的幻肢痛正在不断折磨着他的理智，这是赛博失心疯最为主要的前兆，如果就此陷入昏迷那么理智很有可能不复存在，自己将会沦为受潜意识支配的赛博失心疯怪物。对抗这种痛苦，诺维斯基根本不知自己还能撑多久，况且以当下的局面，想要得到外界的救助根本就不可能。

听觉系统逐渐被阵痛与幻痛覆盖，绝望之际，清脆的高跟鞋声一步步地靠近，在诺维斯基的面前停了下来。

"把他救起来。"

随着命令的下达，诺维斯基感觉到了有人向自己的后颈注射了治疗腺素，被破坏的神经接口也得到了及时的处理，在视觉系统逐步恢复后，一个身穿军装的高挑女性正微笑着站在自己的面前，她就是古拉格区北地辛迪加的绝对掌控者，拥有"飓风女王"之称的席琳娜。

"许久不见，我的老朋友。"

飓风女王用洪亮的声音对诺维斯基招呼道，然后将面庞贴到了诺维斯基面部相当近的一个距离。

"我曾预想过与你再次见面的场合，很多种，但不是现在这样，你能说话了吗？"

"是的……我可以。"

诺维斯基的半边脸已经因战斗遭到了损坏，即便主观上想要试着展现最为基础的笑容，客观上也不允许他这么做。

"我以为你来古拉格时至少会跟我打个招呼，但你却去找了迦丝，说起来，迦丝，你还活着么？"

飓风女王对一旁摊在地上的厄迦丝问候道。

"是的，女王大人，我还活着。"

厄迦丝回应席琳娜的语气毫无尊重之情，甚至有些不耐烦。

"看来时隔多年的再次团聚并没有想象中的那么美好。我基本上弄清了关于你们在古拉格发生的一系列事情的来龙去脉。不过，这个东瀛女孩，或者说是男孩的一些关键情报目前还是有点不明不白的。"

飓风女王示意让她身边的医护工程师治疗九条薰并回收深作柳，接着将目光转向了稍远处的格溪与尹兰。

"过来。"

面对飓风女王的命令，格溪与尹兰稍作迟疑后走到了她的面前，飓风女王饶有兴致地打量起了尹兰，她所配备的义眼闪耀着金光，如同毒蛇般用锐利的眼神舐舐着尹兰身上的每一处细节。

"看来哪怕是孙氏集团培养出的怪物也是有机会获得新生的，这得归功于你，小丫头。"

飓风女王对格溪表示称赞，无论本意如何，至少她展现出的态度显得相当热诚。

"哦，您好，尊贵的女王陛下，我……叫格溪。"

在飓风女王面前格溪显得相当放不开，有些受宠若惊般地试着行了一个她自己也不太懂的礼。

"事实上飓风只是我曾经在古拉格大监狱服刑时的绰号，至于女王这个头衔更像是一种对我治下的一切讽刺而生，不必拘泥于你自己臆化出的蹩脚礼仪。"

飓风女王的言行举止尽显爽朗，毫无架子可言，但她在无形之中展现出的气魄与威严完全对得起女王这一称呼。

"啊，好的，女王陛下。"

眼前的飓风女王并没有表现出过于强烈的压迫感，格溪想试着找回轻松一点的状态，最终以失败告终。

"那么格溪，你预料到了今天所发生的一切了吗？"

"不，当然不，这些一切都完全出乎我的预料。"

"那你为何会卷入其中呢？"

"因为一次间歇性的自我意识过剩？我也说不好，总之很荣幸见到您。"

"很好，我稍后会来处理你的事情。"

此时医护技师已经修复好了诺维斯基的大半部分躯体，被固定在维修支架上的诺维斯基用毫无生机的眼神盯着飓风女王，欲言又止。

飓风女王走近诺维斯基，在他残破的风衣外套中找出一盒被血浸透的香烟，从中取了一根叼在了唇间点燃，递到了诺维斯基的口中。

"我曾经提醒过你，这东西早晚会要了你的命。"

"可不是嘛，你看我现在这样子。"

"当个私家侦探不容易对吧，'古拉格英雄'？"

"这个称呼从你嘴里说出显得尤为戏谑。"

诺维斯基深吸了一口香烟，烟雾从他千疮百孔的脸中渗了出来。

"在这一点上你可能对我的所作所为抱有一定错误认知，但很快事态就会向下一个阶段发展，到时候我们都将迎来属于自己的清算。"

飓风女王解释道。

"你以为你想要做的与我无关。"

"很遗憾，有些羁绊一旦相连就再也无法割舍，只不过有时候我们其中的一些人将会提前面对他的结局，而这次，作为主导与推动这场小插曲的一员，我乐在其中。"

飓风女王向站在摩伦哈迪尔身后的护卫挥手示意，下一个瞬间，摩伦哈迪尔身首异处，诺维斯基甚至没有反应过来，眼前只有护卫螳螂臂热能刃的余温在闪烁着，如同昭示般强调着处刑的结果。

"任用庸才作为部下为数不多的好处在于当你淘汰他

们时一点儿都不会觉得可惜，在这一点上我甚至多少能理解一点那些运用考迪罗式手段玩弄权术之人的乐趣所在。"

由于处决过于迅速，摩伦哈迪尔的躯体依旧保持着军姿站立，飓风女王信步至其背后，用她的机械臂将哈迪尔的脊椎抽离出了身体，当着众人的面将其拧成了碎渣。

"你的表现就好像在大肃反那会儿唯你马首是瞻鞠躬尽瘁的走狗，是另外一个哈迪尔一样。"厄迦丝啐了一口嘴里的血水讽刺道。

"忠诚的哈迪尔、虚伪的哈迪尔、残暴的哈迪尔、被捏碎脊椎的哈迪尔，这些都是他，他有着属于古拉格混乱时期的过往，与空中楼阁上的一席之地，而下一个阶段的世界中，甚至在最不起眼的角落，都挤兑不出一处他的安息之所。"

飓风女王看着手中的碎屑低语道。

"飓风大人，临时修复已经完成。"

医护技师将最后一个单元组建完毕，向飓风女王报告道。

"很好，那么接下来，我要带领各位去参观我的伟业。"

"恕我拒绝。"

经过修复后的诺维斯基哪怕是最基本的讲话都显得

有些困难，语气中却充满了坚决。

"为什么？"

"我只是不想再与你扯上关系了，飓风女王大人。"

"你还是老样子，固执且愚钝。"

"我无法像您一样引领某项事物步入新的阶梯，您对此应该有所体会。"

"你能做的只有两害相权取其轻对吧？哼，陈词滥调，一想到你能够被称为'古拉格英雄'就令我感到不悦，真正的英雄本该是哪怕深知这个世界无法被救赎，但依旧负罪前行，而你所做的甚至不是止步于此，而是止步于当年。"

"……"

诺维斯基不再回应飓风女王，以沉默中断了这场对话。飓风女王将视线转向厄迦丝，厄迦丝给出的态度也与诺维斯基一样。

"真是遗憾，我本来以为今天只需要处理一个人的。"与之前下令处决摩伦哈迪尔一样，飓风女王对螳螂臂护卫挥手示意——

"嘿！喂！啊！那个！我想看！"

赶在飓风女王挥手前的瞬间，格溪喊叫着打断了眼前的气氛，随之而来的是一股凛然的尴尬。

"你说什么？"

相比于厄迦丝与诺维斯基以无声的方式进行抗议，格溪的大呼小叫显然更加冒犯到了飓风女王，她用金色的双眸盯着格溪，发出了质问。

"您不是说那个，想要带他们参观您的伟业么？我想参观，请带上我，务必。"

格溪几乎是咬牙切齿般地将语句从嘴里挤出来的。

"你想要参观我的伟业？"

"是的。"

抱着视死如归的心情，格溪再次确认道。

"好啊，但是在此之前我还要处理一些事务。"

飓风女王答应格溪之后，扭过身转向诺维斯基与厄迦丝。

"您能不能……带上他们？"

"你说什么？"

"就是……带上那个被打得半死的尼古丁依赖症患者，还有那个独眼大姐头，以及因失血过多昏死在地上的东瀛洋娃娃。"

"你没有听到他们拒绝了我的邀请么？"

"对，但既然您是飓风女王，且想要让他们参观您的伟业，那么就不需要非得征得他们的同意，我猜大概是这样的。"

"你在试着救他们？"

"算是吧。"

"为什么?"

"因为我感觉其实您本身好像也不太愿意杀他们,只是情势发展到这个地步不得不这么做,于是我就有义务试着发挥一下主观能动性。"

"你想以此来保全你和你的同伴?"

"正是如此。"

格溪将手中的文件包递了上来,飓风女王诧异地看着格溪,示意一旁的护卫接过文件包。

"把这些人全部抓起来,带回奥诺维奇工厂。"

飓风女王对她的护卫下令道。

第六章

洪 流

古拉格区的地下工厂是依托于当年古拉格地下监狱改建的隐藏设施，曾被古拉格大监狱内的囚犯用作活动据点。相传古拉格地下监狱四通八达，甚至连接了泽都废弃的地铁通道以及外港内的海底隧道。在经历过古拉格大动乱，数以万计的古拉格囚犯因斗争死亡后，有关于古拉格地下世界的消息也鲜有人再进行传播。

而诺维斯基等人现在所看到的却是另一番景象，由升降仓向外望去，一个灯火通明颇具规模的地下城正在有条不紊地运作着，依照常理对古拉格的认知，眼前的一切毫无理由，完全可以称得上不可思议。

"那些行走在环形通道中的人是？"

厄迦丝惊愕地望着眼前的一幕问道。

"通常他们被称为囚犯或是难民，而我称他们为地下都市的居民。"

飓风女王回答道。

"那些巨大的工厂是靠他们运作的？"

"是的，我们现在正在前往其中的一个。"

"这座地下城有多少你所谓的居民？"

"三十二万六千多人。"

飓风女王风轻云淡地回答。

"全部都是活人？"

"似乎以你的认知很难理解对吧？对，全部都是活人，几乎每个人都接受了义体改造。"

"你在古拉格建立了一个人口足足有三十二万的地下市？供给是怎么解决的？电力能源呢？"

"我的同志渗入泽都各个行政部门，想从中城区已经实现辐射供电的系统中盗取一些电力并不困难，其他区不也都在这么干吗？至于供给，食物直接买，水资源依靠我们建立的循环系统就能解决。"

"渗透泽都的行政部门？那企业呢？怎么可能做得到！"

"如果只是依靠威逼利诱当然做不到，但如果是依靠立场与原则，就能做到。"

"什么立场原则？"

"我不想把国际共产与资本运营的那一套陈词滥调拿来对比。单拿义体说事儿的话，用更通俗的话来讲，我们信奉的是解放生产力让尽可能多的人用得上更好更优质的义体，而位于对立面的人则信奉提升义体价值唯一的办法就是使他们变得稀缺。这就是为什么我要将泽都的工业资产剥离资本与政体的控制转而独立的原因，逃离资本的金融体系游戏规则，就能远离那个比烂的循环。"

飓风女王在解释一切的过程中双眼一直凝望着整个地下城。

"那么大肃反与各类内部清洗斗争……"

厄迦丝继续问道。

"都是对外障眼法，目的是让泽都管理署与义体公司联盟察觉不到我的真实意图，当然，也有可能会顺便波及一些白痴，让他们误以为我是个毫无人性的怪物。"

"你是在骂我白痴吗？"

"不用客气，我的姐妹。"

"但是……三十万人的规模……怎么可能……"

"如果你接触过那些惯用考迪罗主义的庸才们的话，就不难发现他们更加注重结果导向，且认为自己才是最聪明的。善用这一点，就能利用他们的认知将他们禁锢在自己为自己设立的枷锁之中。当然，这其中对权谋之道有着一定的要求，而我刚好擅长这些。"

"所以你的伟业，就是想向我们展现你在这里建立了一个世外桃源？不得不说这，确实令人钦佩。"

厄迦丝还在惊讶于眼前的一切，并感到了折服，在飓风女王解释缘由之后，她显得相当释怀，甚至语气中带有一些憧憬。

"不，本质上来讲我是在奴役这里，这些所谓的居民都要面临强制劳动，以及各类行动与供给上的限制。等到了目的地，你们就能够知晓我的伟业了。"

"不好意思，我想问一下为什么那个东瀛娃娃跟她的忍者保镖没有跟咱们一起？"

"由于她的有机比重较高，我让医护技师把她送去治疗了，至于那个忍者，恐怕要到工厂里重新大修才能恢复。放心吧，介于她的身份，我之后还要重点招待一下她呢。"

走出升降仓，飓风女王带领几人来到了她所说的奥诺维奇工厂，相比于之前古拉格地下城所带来的认知上的震撼，奥诺维奇给众人带来的则更具备冲击性。在望不到边际的生产线上，以万为量的工人正在流水线上生产着义体设备，与飓风女王口中所说的奴役完全不同，工人的气色和精神状态看起来相当饱满，充满了工作激情。

"这是……"

格溪欲言又止，哪怕是她也很难从震撼之中缓过神来找到一个话题，其他人则与格溪一样，用惊讶且错愕的表情注目着眼前的一切。

"那些中城区的掌控者总是强调可控性，用危言耸听的话术把劳动者喻为可以被机械替换的低劣资源，他们总是强调进步带来的优越性，却从不提进步的代价。当然想要维持眼下这样的规模的稳定性，除了得当的管理制度与执行力，一些药物的介入也必不可少。"

飓风女王脚下海量的义体产品经过包装被封装送入远方的库存车间，这等壮观的流水线确实相当符合她所说的"伟业"一词。

"啊，怪不得这些工人看起来都那么振奋，统一用药？"

"一定程度要归功给药物，更大程度上要归功给立场与信仰，否则药物只会造成混乱。"

"你怎么确定更大程度上要归功给立场与信仰？这些人看起来完全可以理解成是被你洗脑控制了。"

诺维斯基质问道。

"被我用强制手段拆除额叶洗脑控制的那批人没在这里工作，地下城有更加适合他们的归宿。"

"那些生产出来的义体，会流向哪里？"

"一小部分会以特殊且隐蔽的方式贩卖到世界各地换

取我的运作资金。"

"不依赖羲和枢纽进行贩卖？怎么可能。"

"我有跟你说过我同志渗透进了很多领域对吧？"

"甚至孙氏集团？"

"对，这就是意识形态的好处，它能以另一种认知作为价值观参照，彻底脱离出资本利益的思维观念让一些具有独立思想的个体做出超脱的举动。"

"你刚刚说的是一小部分。"

"绝大部分被我储备了泽都的一些隐蔽仓库，用来在合适的时机做合适的事情。"

"也就是说您在收缩对三大公司的渠道供应的同时其实背后在搞大增产？"

"是的，本质上算不上什么高明的玩法，但对细节要求尤为关键，否则很容易败露。"

"我猜你所谓的细节要求就是把自己包装成一个暴君？"

"不得不说某种程度上而言我是乐在其中的。"

"按照这个产量……哪怕有一部分供给到其他地区，囤起来的货也足够把泽都的义体市场冲个天翻地覆了。"

"是的，不过想要达到真正性质上的颠覆，就要把量翻倍，并且做好应对有人在牌局上耍赖掀桌子的准备。"

"女王大人，您的应对措施不会是要把牌桌炸烂吧？"

"为什么这么讲？"

飓风女王轻皱了下眉头，用锐利的眼神盯着格溪问道。

"由于之前的机缘巧合，我发现古拉格地表的帮派在利用废弃物提炼爆炸品，所以我猜一定有人在私下忙活了一个大的，只不过我没想到这个大的会像您现在做得这么大。"

"看来你是个聪明且有想法的人，通常这类人都活不久。"

"也就是说你做了两手准备，如果不能通过预想的方式取得成功，就要通过特别手段达成目的。"

"性质上来讲是这样的，但我不太喜欢你的说法，我更倾向于把整个泽都夷为平地是作为保全机制和话语筹码而存在，并没有将其视为关键流程中的一环。"

"可一旦事情没有按照你预期的流程发展，一环就会变成必然，对吗？"

"考虑到大多数的上位者认为自己的命要比其他人更加珍贵，在面临这个问题时需要谨慎对待的就是他们而不是我了。"

"听起来你并没有把自己摆在命更贵的那个范畴。"

诺维斯基冷言道。

"只要对当下的局势有足够的认知，就不难得出一个结论，那就是在人类迈入新纪元前的这个特殊时期，大多数人的定位都是耗材，我不例外，他们也不例外，区别在于我深知这一点，而他们对此却毫无自知。"

飓风女王的声音依旧洪亮且底气十足，她在提到"耗材"两字的时候眉头不由得紧蹙了一下，接着嘴角撇了一下，舒展回了之前高傲严肃的表情。

"那么女王大人，您的最终目的是什么？推翻泽都管理署的统治？通过一场经济浪潮彻底接管义体贸易？或者是其他的什么，毕竟这些看起来您好像都能做到。"

"我的愿景远比你所说的这几项更加宏伟，又或者渺小。一百年前，那个本应寄托人类至高追求的政体分崩离析。人类在观念上被植入了太多枷锁，我不想被定义，被划分到左与右，被说成是布尔什维克或是什么其他的概念。在你们的历史里有一句话，叫作'耕者有其田'，我特别喜欢，而在我们的历史里也有一句话，叫作wiyishisenfara, noweirepoueta。从人民手中夺来的，终将还给人民。在这个灾变后的世界，主义之争、民族之争、政体之争都不再重要。能源与食物被寡头垄断，下层人堆积在城市的角落被迫参加这场逃杀般的资本游戏。我不责怪那些遵从游戏规则一步一步爬到上层的奋斗者，但总要有人怀揣信仰去做一些对的事，去让这个比烂竞劣、存在即真理、不择手段的世界有所改变。"

飓风女王说出这番话的语气相当轻描淡写，就像是讲述家长里短一样随意，很显然她并不是那种狂热的主义分子或是想要掀起极端运动的领袖，她更像是自己所处立场化身一样的存在，让人觉得只要她活着，她就应该去这么做。

"席琳娜，抱歉，我之前误会你了，能够听到你解释这么多是我的荣幸。"

厄迦丝对飓风女王的语气大为改善，不再怀有质疑与不敬。

"没什么好抱歉的，姐姐，毕竟我刚刚也差点处决你。"

"你真打算那么做？"

"毕竟有这么一个令人扫兴的男人在场，做出什么来都不足为过。"

飓风女王嫌弃地瞥了一旁的诺维斯基一眼说道。

"这一点说得倒是没错，妹妹。"

"呃，等等，你们是姐妹？"

这时格溪才注意到，厄迦丝的眉眼结构和气质与飓风女王十分神似，起初她还以为这是北地女性的共通性。

"确切地说是表姐妹。"

诺维斯基一脸严肃地对格溪解释道。

"哦，你看哪，本来她们两个破除了隔阂冰释前嫌气氛挺好的，但你这冷冰冰的态度就又把气氛搞僵了不是吗?"

　　格溪在面对诺维斯基时似乎有一种以救命恩人自居的微妙优越感,但诺维斯基根本没有把格溪放在眼里,而是保持着他冷漠的态度转向飓风女王。

　　"我们需要单独谈谈。"

　　"悉听尊便。"

　　席琳娜将诺维斯基带到了工厂后方的一个安全通道,再次从诺维斯基的胸口抽出一支烟,倚靠在墙面上点燃吸了一口。

　　"你给那些工人用的药是怎么回事儿?"

　　"你还记得玛德琳么,萨拉热窝那次。"

　　"那个被你杀掉的女孩儿。"

　　诺维斯基取出一支烟点燃。

　　"那个本应被我杀掉的女孩儿,我给了她一支团队和一个实验室,让她继续她的发明。"

　　"她是个疯子。"

　　"也是个天才。"

　　"这些药迟早会杀了所有人。"

　　"尼古丁也迟早会杀了你,性质是一样的。"

　　飓风女王深吸了一口烟,缓缓将烟雾吐出。

　　"不,性质不同。"

　　"要不然这样吧,诺维,我不去责怪你之前与接下来所做的一切产生的后果，你也不要记恨我。我们都能预见到即将到来的终局，没有谁是对的，可能都有错，错的不同而已。"

飓风女王将最后一口烟吸完，意味深长地看着诺维斯基。

"……"

短暂酝酿了一会儿，诺维斯基最终选择沉默。

"你能再摆出当年那副大义凛然的样子对我说一次'我不过是在两害相权取其轻而已'么，我特别喜欢你那时候的样子。"

飓风女王戏谑般地对诺维斯基说道，但气氛中夹杂着的却是一种莫名的苦涩感。

"不，我做不到。"

"我猜你也是。"

用高跟长靴踩灭地上的烟头，飓风女王就这么冷冷地看着诺维斯基，场面陷入了静默与尴尬。有那么一瞬间诺维斯基能够感觉到自己就像是在和一个老朋友独处，但恍惚过后，眼前的女人冰冷可怖，这种亲切感与陌生感完全独立存在于一个自然人身上，显得相当不自然。

"除了玛德琳，你好像还任用了不少熟面孔。"

"刚刚一直在我安全距离内护卫我的大块头其实是古斯塔夫，你还能认出他来吗？"

"完全不能，他现在看起来就像是个从电影里走出来的生化怪人。"

"他当年可老讨厌你了，那时候他还有头发。"

"为什么会变成现在这样？"

"你也知道单兵作战力的重要性对吧？孙氏集团培养了一批有着变态程度适配性的特工，就好像格溪身边那个女孩儿那种，出于对个人安全的需要，我也得搞一个差不多实力的才行，古斯塔夫成为在玛德琳的药物实验中为数不多活下来的成品。"

飓风女王没有将自己的话展开说明，但诺维斯基能够感受到这番话背后经历过何等的残酷。

"你的话听起来好像作为拥有终极战力的受益者，那些没能活下来的人是可以被接受的折损。"

"并不，古斯塔夫需要在通过具有不可逆伤害的催化药物才能将适配度拉满到与那些随时都在巅峰状态的特工一个级别，而代价是从现在来算，他的寿命差不多还剩几个月。那些上位者通过无数资源达成的完备成就，我的人需要以赴汤蹈火般的死亡与寿命作为代价才能勉强追上。与其说我是受益者，不如说我是负罪者。而你在几乎可以明确预估到这个事实的情况下，还在拿人权主义的那套东西试图揶揄我一下，以证明你是多么地高尚。"

飓风女王并没有对诺维斯基展现出过多的情绪，她在口中说出"揶揄"两字时，本身就像是一种揶揄。

"这就是你作为领袖的特殊性，人性道德从来不在你的参考标准之中。"

"因为人性道德不是力量，人性道德需要力量。咱们的辩论游戏还是到此为止吧，再这么发展下去，叙旧成分所占的比重真的没多少了。"

"你清楚我不是来跟你叙旧的，我是想要——"

"这件事儿咱们已经得出结论了诺维，我不去责怪你之前与接下来所做的一切产生的后果，你也不要记恨我，以你的立场你只能在后者有那么一丁点的主观操作空间，其余的你什么都改变不了。"

"我不会记恨你的，席琳娜。"

"对此我深感欣慰，诺维，希望你中城区的侦探事业可以越做越好。"

第七章

恶 魔

灾变元年 16 年 4 月 23 日 泽都 古拉格区 地下城

从噩梦中惊醒，九条薰连一丝回忆梦境内容的心思都提不起来，怨怒与愤恨充斥着她的胸腔。她瞪大双眼环顾四周，发现自己躺在病房的一张床上，站立在自己眼前的女人面带微笑。她有着一张相当庄严的面孔，金色的瞳孔注视着自己，尽管对方并没有刻意释放任何压迫感，但九条薰却被她搞得浑身不自在，她本能地启动共鸣能力试图呼唤深作柳，但没有得到任何响应。

"你的姐姐损坏得有些严重，但没有大碍，将她激活后你就能建立与她的共鸣。"

察觉出了九条薰的意图，飓风女王对其解释道。

"你是辛迪加的大头目？"

"对。"

飓风女王将装有意识体的文件包放到了床头柜上，九条薰稍作思考，还是没能控制住自己，急不可耐地打开了文件包，确认了其中的意识体。

"为什么？"

确认完毕后的九条薰长舒了一口气问道。

"没什么，本来就是你的。"

"所以呢？"

"没有所以，仅此而已。"

飓风女王依旧用她金色的双眸注视着九条薰，不适感逐渐升级成了一种毛骨悚然，九条薰感觉自己被盯得快要窒息一般。

"你……你有什么问题么？"

介于所处立场的绝对劣势，九条薰压抑着心中的情绪，扭曲出了一张笑脸对飓风女王问道。

"你是一个恶质的人，在消耗完为数不多的耐性后表现出的只有狂怒与焦躁。"

飓风女王的注视没有停止，一字一句地对九条薰评价道。

"……"

面对飓风女王的评价，九条薰没有做出回应，很大程度上并非因为自己劣势的境地，而是对方所言基于的客观事实。

"没关系，相比于像你母亲那种贪婪迂腐的规则制定与执行者，我更喜欢像你这样纯粹的恶魔。"

飓风女王的表情依旧维持着微笑，言语中却毫无温度可言。

"所以呢？"

"没有所以，仅此而已。"

再次重复了之前的回答，飓风女王依旧维持着她的注视。

"那么我可以走了么？"

九条薰试探性地问道。

"把你放回去，意味着九条家现任家主的死亡。"

飓风女王的话语是以结论式的语调讲出的，就像是在描述一个既定事实一般，而九条薰就如同被点透一样，定格在了原位许久。

"凭什么这么讲？"

几乎是徒劳一般，九条薰反问道。

"把你留在这里或是杀掉，就可以保全一颗可控的棋子，某种程度上来讲，我和她也算是旧识。"

飓风女王的话像是自言自语说给自己听，又像是在征求九条薰的意见，但不变的是她始终保持着一个沉思的状态，注视着九条薰。

"你是指我母亲？"

九条薰几乎能感觉到自己可以理解飓风女王所说的话，但这种感觉相当模棱两可。

　　"当权者视万物皆棋掌控一切的思维真是让人欲罢不能，但我唯独不太希望看到九条爱死在她的儿子和女儿手里，即便在下个阶段之前她早已被清算。"

　　飓风女王完全没有理会九条薰的反应，继续着她的独白。

　　"你生在一个上位者的家庭，有着绝伦的天赋和皮囊，但在你最为志得意满的时候，却因事故跌入了无尽的痛苦深渊。我完全能够理解你为何会变成现在这样，森，你通过这个东西窥探过孙氏集团的二代网络，你能够预见到自己所面临的结局么？"

　　飓风女王将她的手放在了装有意识体的文件包上，对九条薰发出质问。就在她口中说出"森"这个名字的时候，九条薰的双眼涌出了泪水，她不再因飓风女王的注视而感到厌恶，而是用相当热诚的目光看着飓风女王。

　　"不，我无法预见，但我愿意承受。"

　　九条薰凝视着飓风女王的双眼，给出了答案。

　　"我也一样。"

第八章

清 算

泽都管理署议会大厅的建筑风格相当中古，参会人员必须亲自出席会议。位于议会中心的议会执行代表法塔娜作为一个安卓人并没有使用任何仿生皮肤修饰自己的外貌，与周围复古的风格形成了相当程度的剥离感。九条薰身着瀛风和服表情凝重地等候着其他参会者的入场。吉考尔、麦卡伦以及北地重工和各个门阀家族的代表纷纷入座。随着清脆高跟鞋的声音传来，飓风女王步入到了会场之中。

在确认全部人员到场后，法塔娜开始发言。

"本次会议将各位召集至此，主要目的是请古拉格区的负责人，弗拉基米罗维奇·席琳娜女士对近期在古拉格发生的诸多问题给予解答。"

法塔娜话罢，飓风女王离开了她的席位，径直走到了吉考尔代表的桌前。

"你是谁？"

飓风女王对眼前的男人发出了质问。

"我是吉考尔公司的代表，克拉克杜——"

"桑德尔为什么不来？"

"尊敬的女士，这场会议没有必要非得请桑德尔大人出席。"

"为什么？"

"恕我直言，席琳娜女士，介于您在古拉格大搞内部斗争抛荒土地废弃工厂的行为而产生的恶劣影响，桑德尔大人认为您败局已定，无须亲自见证这场审判。"

"桑德尔，审判……不得不说这个人傻人有傻福，总是能在毫无关键性的层面猜对一些东西。"飓风女王轻叹了一声说道。

"我一直不太看好桑德尔，他太过强调短期利益与回报了，这种喜欢赚快钱吃不得亏的习惯让他注定短浅难成大事。但与之相应地，关于您在古拉格区的治理，确实缺乏足够的透明性，如果可以通过这次会议进行合理交流，那么我想在座的各位都会减少一些疑问与顾虑。"

发言者是坐在麦卡伦代表席位上的法耶尔，他是麦卡伦公司在泽都的头号人物，作为与麦卡伦关系密切的门阀九条家的代表，九条薰就坐在法耶尔的身旁。

"我保证，在座的各位都将通过今天的这场会议得到一个答案，但我不能保证的是这个答案能够让所有人都满意。"

飓风女王回应道。

"没有什么答案能让所有人满意，但现在的问题在于，几乎所有人都对你在古拉格的统治有所质疑，尽管程度不同，但立场基本是一致的。究其根本，无论你如何去为了维护统治进行内部斗争和肃反行为，都不该以降低工业产量影响上层利益作为代价。我不关心你把你的反对者扔进粉碎机搅成碎渣，也不在乎你制造了多少冤假错案，我在乎的是由于你的计划改革，我上个季度的营收出现了相当程度的下滑。虽然这完全在可承受的范围之内，但这依旧是个坏的开始。而要为这个坏的开始负责的人，是你，席琳娜女士。"

这次的发言者诺伦威尔，他是关联着吉考尔公司的门阀家族代表。相比于法耶尔的婉转，诺伦威尔的发言有着更强的针对性，但无论如何他都比拒绝出席的桑德尔表现出了更多的尊重。

"其实在今天这场会议开启之前我预想过很多版本的发言，目的就是为了如何让你们明白我想做的与我接下来要做的事情，并获得你们的理解与支持。"

飓风女王环顾了席位上的众人一眼，做出了一个无奈的表情。

"然而在刚刚听完诺伦威尔的那番话后我才突然想起来这么做的不必要性，那就是虽然咱们外表看起来都是人形，内在的差距却早就跨越了物种。我不想在这个场合对你们大谈价值观或是主义以及意识形态，更不奢求道德人伦能够得到你们的共鸣，毕竟只要利益足够，你们甚至会主张或是驱动像我这样被你们视为傀儡的统治者掀起一场灭绝性的屠杀。所以我只想强调一点，那就是既然你们已经认定了自身存在的特殊性，且已经把身外之物当作确保这种优越性的筹码时，那么当承载着这个游戏规则的大厦将倾的时候，你们应该做好与之共存亡的觉悟，而不是将代价转移到长久以来受尽你们剥削与压榨的人群身上。"

飓风女王的声音洪亮气势却并不高昂，她没有掺杂情绪在自己的演讲之中，而是像她一直以来贯彻的那样，宣告着清算。

在座的各位表现出了疑惑、愤怒、迷茫与恐惧，这种不安的情绪来源于飓风女王所散发出的凌人之气，区别在于，这股凌人之气并非来自于飓风女王本身，而是以她为媒介，从每个人的心底被唤起。

质疑声与反对声夹杂着谩骂从会议中爆开，飓风女王没有回应这些，而是将权限交给了会议执行代表法塔娜。在得到了席琳娜提供的数据后，法塔娜在大厅中心投射出了一张动态地图，上方各类数据正在迅速变化。混乱的声音逐步停顿，代表们脸上的愤怒与不满逐渐被错愕与恐惧所替代，他们试着启动私讯做出应对，却发现主控芯片已经在会场内被锁死。

"这数据是真的么？你做了什么！"

"没什么，只是把本该倒入海里的牛奶送给了想喝牛奶的人，在你们的认知里这好像挺大逆不道的对吧？"

看着动态地图上不停闪烁变化的数据，飓风女王倚靠在了会议桌上，享受着眼前这场混乱的盛宴。

"法塔娜，把页面切换到效应预估模型，让在座的各位代表感受一下那些让他们作为高人一等的身外之物是如何在如此短的时间内成为能够压死他们的重负的。"

"你不可能做得到！这些数据不可能是真实的！"

诺伦威尔面目赤红地吼叫道。

"各位不要被这个疯女人唬到，就算是她预谋地妄图破坏现有的体系，数据也不可能像上面那样崩溃得如此之快。"

"你们还不懂么，我的所作所为只不过是将引线点燃，整个泽都早就因你们这些寡头的垄断与压迫积怨已久。"

"我早就说过那些阴沟蛆连作为剥削的存在都没有必要，早就该用自动化大规模替换掉他们，现在好了，这些不安因素全部是货真价实的恐怖分子了。"

"不安因素、阴沟蛆，起初他们作为砖瓦构建了这个城市，后来他们作为燃煤供养了这个城市，如今却被你们视为废料想要抛弃，而就在他们试图抵抗时却又被冠以恐怖分子的名号，你们这高高在上的上位者总是觉得自己没错。"

"当然有错，我们错在信任了你，席琳娜，事实证明你的心早就已经被腐化，遁入了魔道。"

"你们太喜欢把事情限制在可控范围内了，早就忘了属于人类本身应有的伟大可能性，用机械替代下层人的构想就是建立在这种盲目之上的。殊不知一旦我们真的迈出了那一步，那么直到这个世界上剩下最后一个人类之前，其余的人都会变成可量化的替代品。我根本不想与你们讲道理，我所做的只是带你们步入清算。"

就在这时，议会厅外冲进来的安保人员已经包围了飓风女王，面对着这场围剿，飓风女王表现出的依旧是一种淡漠。

"没有用的，对我采取的任何举动都无法阻止已经发生的效应。我个人给出的方案很简单，那就是希望在座的各位能够交出自己手中的权力，协助我接管整个泽都，在那之后，我们会有更高的追求。"

"你以为光是搞一次偷袭般的突发事件就能摧毁现有的一切？别痴心妄想了！疯女人！"

诺伦威尔嘶吼着骂道。

"我的目的不是摧毁而是重塑，只不过新的阶段中未必有属于你的位置而已。不要指望上位者能够拯救你们，在他们做出反应之前，你们早就一无所有负债累累了，最终面对孙氏集团以及其他寡头的只可能是我，而到了那一步……"

就在飓风女王做出宣告般的审判时，立体投影中的模型突然开始发生变故，各项指标出现了剧烈反弹，在场的代表们纷纷停止了讨论，将注意力全部集中在了投影之上。其中最为震惊的即是飓风女王本人，按照她的预想，即便其他方面反应再快，至少也需要一天的时间才能将她引发的危机调控回缓，而那时她已经完成了对泽都的彻底统治，但距离她启动计划才短短十几分钟，通过孙氏集团的羲和枢纽下达的调控行为便已经开始将混乱平息。

错愕之际，飓风女王的视线对上了九条薰，短暂的凝视解释后，飓风女王似乎明白了一切。

在其他人的注意力还停留在投影上的数据之中时，九条薰从人群之中站了起来，缓步走向了飓风女王，直至两人近到可以面对面。

"这就是你预见到的自己的结局么？森。"

此时投影中的数据已经可以确定飓风女王此次行动的败局已定，但她并没有显得有多遗憾或是悔恨，而是用她金色的双眼凝视着九条薰问道。

"对此我愿意承受。"

九条薰没有回应飓风女王的凝视，而是看着她手腕上的装置提出了问题。

"你会启动它么？"

随着九条薰的提问，在场的所有人都警觉地看向了席琳娜手腕上的装置，那是一个不受屏蔽影响的启动装置，稍微进行一些思考就能够联想到它的存在是用来启动某种引爆装置的。

"你是问我会不会启动它把整个泽都夷为平地？"

飓风女王对九条薰问道。

"你生产了能够覆盖整个泽都的义体，捎带储备了把整个板块夷为平地的当量我都不奇怪。"

九条薰的语气颇具调侃意味，却把周围的看客吓得不轻。

"你好像很期待我启动它。"

飓风女王看了看手腕上的启动装置说道。

"在此刻与你一起面对死亡总比接下来与这些废物们

一起面对未来要好得多。"

"又或者你不该把我出卖给孙氏集团，让我输得这么难看。"

"无论是与你一起被炸死还是覆灭你的伟业我都愿意承受，但我唯独不能放任剩下的那个可能性的发生。"

"那你恐怕要失望了。"

飓风女王话罢，抬起了手臂激活了启动装置，就在众人试图阻止未果的瞬间，什么都没有发生。

意识到飓风女王已经不再具备威胁后，管理署的安保人员一拥而上想要将飓风女王控制住，却遭到了九条薰凶神恶煞般的斥责。

"离她远点儿，你们这群贱种！"

尽管在归属关系与立场上并不一致，但安保人员却选择了服从九条薰的命令，他们包围住飓风女王，但却没人敢继续向前一步。

"那个男人除了侦探业务不太行之外，其他的事情倒是完成得挺好的不是么？"

飓风女王黯然退场之前，对九条薰做出了最后的感叹。

"他早晚会被尼古丁害死。"

第九章

尾 声

格溪与尹兰走出了复古影院，两人沉浸在这难得的安逸暧昧的状态之中，等待着其中较为没有耐性的一方率先打破僵局。

"你知道么？我曾经在梦里演练过无数次你因为之前的记忆被唤醒成了另外一人格，然后我把你送我的这个蝴蝶项链掏出来唤醒了你对我的爱让你再次恢复了现在这个人格，接着咱俩相拥在一起，这期间甚至还能再加一些更俗套的浪漫元素桥段，我甚至反复考量过其中几个片段的分镜应该怎么摆才能让我侧脸看起来更有质感。"

从电影院缓步走出，格溪用她惯有的调侃式语气对尹兰说道。

"听起来还挺浪漫的，但你非要假定我原有的人格是个负面存在么？"

尹兰对格溪反问道。

"考虑到你是个能随手把别人的脊椎骨拽出来捏碎的狠角色，我这么聊好像也并没有太离谱不是么。"

"我以为你聊这个话题的更深层目的是想要暗示我你期待咱俩之间有可能要发生的'俗套浪漫元素'，而不是探讨如何拽别人的脊椎骨。"

尹兰峰回路转将话题引了回去。

"是的，我的目的就是这个，但这不妨碍咱们在确定俗套桥段会执行的基础上讨论一些更深邃有意义的话题。"

"有选择性的深层讨论和必不可少的欲望需求是吧？"

"对，有选择性的深层讨论和必不可少的欲望需求，这就是我向往的生活。"

第十章

长 阶

"关于泽都的处理报告以及相关数据已经同步给您了。"

"尤里·弗拉基米罗维奇·席琳娜……"

"您认识她吗？"

"用中古一些的说法来讲，我们的父辈曾经是奋斗在同一战线的达瓦里希。"

"而如今她成了妄图动摇您宏伟蓝图的一个危险因素。"

"表象来看确实如此，巧合在于，她的计划正中了崔云对泽都部署的义体贸易制裁战略。"

"这么说您也觉得这不是一个巧合对吗？"

"考虑到平复这场闹剧后的直接受益人是九条家的家

主，相比于偶然，其中可探讨的人为空间更大一些。"

"对于她个人有什么后续指示么？把一个崛起于世界上最危险监狱的监狱之王送进监狱这件事本身就缺乏说服力。"

"不用去管她了，作为一个颠覆者她的表现足以证明自身的价值，毕竟在接下来的时间里，留给像她这样人的机会已经不多了。"

图书在版编目（CIP）数据

零宇宙：赛博法则/李蒭著． --北京：作家出版社，2022.12

ISBN　978－7－5212－2122－0

Ⅰ．①零…　Ⅱ．①李…　Ⅲ．①长篇小说－中国－当代　Ⅳ．①I247.5

中国版本图书馆 CIP 数据核字（2022）第 213701 号

零宇宙：赛博法则

作　　者：李　蒭
资料助手：吕天赐
责任编辑：田小爽
装帧设计：薛　怡　刘亚杰
出版发行：作家出版社有限公司
社　　址：北京农展馆南里 10 号　　　邮　　编：100125
电话传真：86－10－65067186（发行中心及邮购部）
　　　　　86－10－65004079（总编室）
E－mail: zuojia@zuojia.net.cn
http://www.zuojiachubanshe.com
印　　刷：北京盛通印刷股份有限公司
成品尺寸：130×185
字　　数：148 千
印　　张：8.875
版　　次：2022 年 12 月第 1 版
印　　次：2022 年 12 月第 1 次印刷
ISBN　978－7－5212－2122－0
定　　价：68.00 元